외
롭
지 않
은 말

▪ 이 도서의 국립중앙도서관 출판시도서목록(CIP)은
서지정보유통지원시스템 홈페이지(http://seoji.nl.go.kr)와
국가자료공동목록시스템(http://www.nl.go.kr/kolisnet)에서 이용하실 수 있습니다.
(CIP제어번호: CIP 2016007138)

외롭지 않은 말

시인의 일상어사전

권혁웅

마음산책

외롭지 않은 말

1판 1쇄 인쇄 2016년 3월 20일
1판 1쇄 발행 2016년 3월 25일

지은이 | 권혁웅
펴낸이 | 정은숙
펴낸곳 | 마음산책

편집 | 이승학 · 최해경 · 김예지 · 박선우   디자인 | 이혜진 · 이수연
마케팅 | 권혁준 · 김종민   경영지원 | 이현경

등록 | 2000년 7월 28일(제13-653호)
주소 | (우 04043) 서울시 마포구 잔다리로 3안길 20
전화 | 대표 362-1452 편집 362-1451   팩스 | 362-1455
홈페이지 | http://www.maumsan.com
블로그 | maumsanchaek.blog.me
트위터 | http://twitter.com/maumsanchaek
페이스북 | http://www.facebook.com/maumsanchaek
전자우편 | maum@maumsan.com

ISBN 978-89-6090-263-3 03810

* 책값은 뒤표지에 있습니다.

아무래도 헐은 '헐겁다'의 준말 아닐까?
네 말을 듣고 내 정신과 육체가 헐거워졌어.
넋도 몸도 다 진이 빠졌다고.

책을 내면서

이 책은 일상어들의 속내를 다룬 책이다. 우리가 일상에서 흔히 쓰는 상투어, SNS 공간에서 통용되는 신조어, 한 시기를 풍미한 유행어, 특정한 사람들끼리만 쓰는 은어 가운데 77개를 골라 표제어로 올리고, 그 말의 표면적인 뜻(일상적으로 통용되는 뜻)과 이면적인 뜻(그 말이 숨기고 있는 무의식)을 정의하고, 긴 주석과 짧은 용례를 달았다.「찾아보기」항목을 보시면 알겠지만 이 책이 다루는 일상어는 표제어보다 훨씬 많다.

서표書標를 세상에 꽂아두는 기분으로 이 책을 썼다. 얼핏 보면 일상어는 시의 언어와는 가장 멀리 있는 언어다. 일상어는 그 뜻과 쓰임새가 정형화되어 있어서 새로운 울림을 거의 주지 않는 말이기 때문이다. 문학에서는 이런 말을 '죽은 말'이라고 부른다. 하지만 문학이 우리 삶의 터전을 떠난다면 과연 어디에서 자리를 잡을 수 있을까? 일상이야말로 삶의 현재형이자 표현형이 아닌가? 상투어, 신조어, 유행어, 은어 들의 무의식에 삶의 원형이 있는 것 아닐까? 이것이 이 책을 구상하게 된 동기다. 일상어들을 통해서 세상을 읽기, 그것도 세상의 이면과 표면을 동시에 읽기—이 책에 유머나 아이러니가 있다면 바로 이런 의도의 결과일 것이다.

"하상욱 시인의 시, 어떻게 생각하세요?" 예전에 SNS에서 누가 물어온 적이 있다. 그때에는 잘 몰라서 답변을 하지 못했다.『서울 시』를 읽은 지금은 이렇게 답할 수 있게 되었다. 유머와 페이소스가 있는 재미있는 시라고. 시가 세속을 부정해야만 제 위의를 회복할 것이라는 믿음만큼 시에 해로운 것은 없다. 노힐부득과 달달박박의 이야기가 전하듯, 성聖은 속俗의 대립항이 아니라 속의 진화이자 완성이다. 이 책을 쓰면서도 이 점을 유념했다. 정치 얘기가 가끔 있는 것도 이 때문이다. 시간을 타기에 금방 낡아버리는데도 불구하고, 일상어를 다루는 입장에서 정치를 언급하지 않을 수 없었다. 아무리 사랑 얘기가 일상에 가득하다 해도 우리 일상을 틀 짓는 것은 정치의 영역이다. 일상의 무의식은 정치이고 정치의 무의식은 사랑이다.

이 책의 제목을 '외롭지 않은 말'이라 지은 것은 바로 그 일상의 말이 우리를 위로하고 격려하고 고무하기 때문이다. 자기계발서에서 흔히 말하는 긍정의 포즈(실은 바로 그 포즈가

체념인데도)를 말하는 게 아니다. 우리가 울고 웃고 살아가는 이 터전이 우리의 짝이다. 혼자 있을 때에도 우리는 우리를 둘러싼 일상과 함께 있다. 삶이 우리에게 건네는 바로 그 말을 듣고 싶었다.

1년 동안 「일상어 사전」을 연재하게 해준 〈씨네21〉에 감사한다. 덕분에 문학이 아닌 다른 분야의 독자들을 만날 수 있었다. 셋을 하나로 셀 수 있게 해준 양군, 작은 하나이면서도 무한한 하나인 아인이에게 고마움을 전한다. 덕분에 다음 책을 구상할 수 있게 되었다. 『꼬리 치는 당신』에서 인연을 맺은 마음산책과 두 번째 책을 내게 되어 기쁘다. 책만 만들지 않고 거기에 배려, 선의, 다정함 같은 걸 넣어주셨다. 이번 책이 그 마음에 조금이라도 보답할 수 있었으면 좋겠다.

2016년 3월

권혁웅

차례

세상에서 가장 어려운 질문은
사지선다나 오지선다가 아니다.
양자택일이다.

가져가지 마시오 [가져가지 마시오:]

<u>겉뜻</u> 절도를 경고함

<u>속뜻</u> 사랑을 설명함

<u>주석</u> 목욕탕 수건 문구의 진화사進化史는 재미있다. 처음에는 '○○목욕탕'이라고 쓰더니 곧 '가져가지 마시오'로 바뀌었다. 그래도 집어 가는 사람이 많아서인지 최근에는 '훔친 수건'이라는 문구를 새긴 곳이 많아졌다. 마지막 문구는 어떻게 보면 독한 유머이지만 다르게 보면 손님 제일주의이기도 하다. '가져가면 도둑놈'이라는 주장이지만 목욕탕 주인이 갖고 있어도 '훔친 수건'이기는 매한가지니까. 처음에는 목욕탕 주인의 소유권을 주장하다가, 다음에는 손님에게 간청하다가, 끝내는 손님의 입장에 서버린다.

이것이 사랑이 아니면 무엇이란 말인가? 수건에 적힌 문구가 일러주는 것은 이런 것이다. '이건 내 마음이야'에서 '내 마음을 가져가지 마'로, 다시 '뺏어온 마음'으로 소유자가 변하고 있다는 것. 수건은 한 사람이 제 몸에 가장 가깝게 대는 물

건이다. 수건과 피부 사이에는 아무것도 없다. 사랑의 마음도 그럴 것이다. 사랑은 그 사람과 가장 가깝게 붙어 있으려고 한다. 아무리 얇더라도 사랑은 가림막을 견디지 못한다.

'가져가지 마시오'라는 말에는 어떤 슬픔이 묻어 있다. 간청의 내용도 그렇지만, 저 말을 끌어가는 운韻에도 슬픔은 있다. '가~가~마~오' 사이에 '~져~저~시'가 끼어 있다. 입을 크게 벌린 탄식('아~')들 사이에 파찰음('ㅈ')과 마찰음('ㅅ')이 끼어들었다. 꺼이꺼이 우는 모양이다. 저 말('가~가~마~오')에서 「공무도하가」 첫 줄이 울려 나오는 것도 당연한 일이다. "님이여, 그 강을 건너지 마오. 님은 그예 건너시네. 물에 빠져 죽으니, 아아 님을 어찌할꼬." 저 노래의 구도에 수건을 빼앗긴 목욕탕 주인의 심정을 얹어도 좋을 것이다. 님이여, 그 수건을 가져가지 마오. 님은 그예 집어 가시네. 수건은 이미 없으니, 아아 뺏긴 수건을 어찌할꼬.

흔히 이렇게 말한다. 그리움에 관해서라면 여자들은 여러 개의 작은 방을 두고 있지만 남자들은 단 하나의 큰 방을 두고 있다고. 여자들이 지나온 사람에 대한 추억을 각각의 방에 저장해둔다면 남자들은 다 망각해버린다고. 나는 그것을 목욕탕 수건에 빗대서 말하겠다. 제 몸에 가장 가까이 했던 것에 대해서라면, 그것이 마음이든 물건이든, 여자들은 모두 챙

겨 가고 남자들은 죄다 버리고 간다고.

용례　　수많은 노래가 "당신은 왜 허락도 없이 내 마음을 가져갔나요?" 하고 묻는다. 이 노래를 부르는 이들은 모두 목욕탕 주인이다. 야, 이 수건 도둑아. 너 때문에 맨날 내가 냉탕과 열탕을 오간다고!

골키퍼 있다고 골 안 들어가냐 [꼴끼퍼 읻따고 꼴 안 드러가냐:]

겉뜻　'열 번 찍어 안 넘어가는 나무 있냐'의 신버전

속뜻　'아이폰 배터리 갈아 끼우는 소리 하네'의 구버전

주석　당신의 친구에게 좋아하는 여자가 생겼는데 그녀에게 애인이 있다고 하자. 당신은 십중팔구 저 말을 떠올릴 것이다.(이 말을 발설하지 않기를 추천한다.) 친구가 짝사랑하는 이의 애인이 축구를 좋아하는지도 모르면서, 그가 아침마다 조기축구회에 나가는지 뒷조사도 안 해봤으면서 왜 우리는 저 이상한 비유를 떠올리곤 하는 것일까?

　사실 이 비유의 원형은 신화시대의 영웅담이다. 아르고호 이야기가 대표적인 예다. 부왕의 땅에 돌아온 이아손에게 삼촌 펠리아스는 콜키스에 있는 황금 양털을 가져오면 왕위를 넘기겠다고 말했다. 그는 그리스의 모든 영웅을 불러 모아 원정대를 구성했다. 천신만고 끝에 콜키스에 도착한 그는 그곳 왕의 딸 메데이아의 도움을 받아(그녀가 용에게 졸음이 오는 약을 뿌렸고, 용이 잠든 새에 양털을 훔쳤다) 임무를 완수한다. 저

속담은 영웅 이아손과 보물인 황금 양털 그리고 보물을 지키는 괴물이라는 삼각 구도를 축구 이야기로 변환한 것이다. 키커인 영웅, 골이라는 보물('goal'은 목표라는 뜻이다), 그리고 그의 '득템'(골인)을 저지하려는 훼방꾼이라는 삼각 구도로.

그런데 이 비유는 좀 이상하다. 아무리 영웅적으로 포장해도 진짜 훼방꾼은 골인을 꿈꾸는 키커 자신이다. 골과 골키퍼가 서로 사랑하는 사이이기 때문이다. 이 속에 숨은 징그러운 욕망을 감지하기는 어렵지 않다. 그는 그녀를 짝사랑한 게 아니라 '골인'(=황금 양털이라는 골을 얻기)을 짝사랑했다. 발사('슛'에는 사정이라는 뜻도 있다)하는 남자와 슛이 들어갈 구멍으로 여자라는 비유는 노골적으로 성적이다. 끄집어내 오는('골아웃') 게 아니라 집어넣는('골인') 거라면 목표 역시 '그녀'가 아니라 '그녀의 안쪽' 어디일 수밖에 없다. 키커(그녀를 따라다니는 남자)와 골키퍼(그녀가 사귀는 남자)는 사람인데 그녀는 고작해야 골대로만 남아 있는 것이다. 게다가 용을 물리치고 양털을 얻는 것도 아니다. 키퍼 몰래 골인만 하겠다는 거다.

이 끔찍한 충고에 "골 먹는다고 골키퍼 바꾸냐?"로 반문하는 건 너무 소극적이다. 우리는 이렇게 반박해야 한다. 첫째, 그녀는 골대가 아니라 주심이다. 옐로카드와 레드카드를 든 게임의 지배자라는 뜻이다. 둘째, 그이 역시 골키퍼에 그치지 않는다. 키퍼keeper를 검색해보라. 그러면 모기 퇴치기에서 도어록, 이끼 제거제에서 생리대에 이르기까지 수많은 상품이 뜰 것이다. 키퍼가 막는 그 사람이 모기, 도둑, 이끼, 생리혈로 비유되는 쓰레기라는 뜻이다. 저 충고를 새겨듣는 사람이란 짝사랑에 빠진 사람이 아니라 스토커일 뿐이다.

용례   그래도 주변에서 저 말을 중얼거리는 자가 있다면 이 골키퍼를 추천한다. 근접 방어 시스템Close in Weapon System의 하나인 네덜란드제 골키퍼Goalkeeper. 군함에 장착하며, 30밀리 철갑고폭소이탄을 분당 4200발 발사하여 다가오는 미사일을 파괴한다. 4초 이내에 360도 회전할 수 있으며 탐지에서 요격까지 5.5초가 걸린다. 1500미터에서부터 요격 가능하고 500미터 앞에서는 100퍼센트 명중률을 자랑한다.

교회 오빠 [교회오빠ː]

겉뜻 알고 지내는 사이

속뜻 깊이 사귀는 사이

주석 여자 연예인들이 남자 친구와 있는 장면을 들키면 그
런다. "그냥 아는 교회 오빠예요." 여기서 '그냥'과 '아는'과
'교회'는 모두 같은 뜻이다. 세 번이나 반복했으니 '순' '진짜'
'참' 3종 세트다. 진지하거나 심각하지 않고 '그냥' '알고 지내
는' 사이라는 얘기다. 그런데 왜 꼭 교회가 등장할까? 절 오빠
나 성당 오빠, 모슬렘 오빠나 만신 오빠가 등장하는 건 본 적
이 없다.

　　파파라치의 시선을 먼저 따라가보자. 그러면 「처용가」의
21세기 판본이 펼쳐진다. 서울 밝은 달 아래 밤늦도록 노니
다가 들어와 자리를 보니…… 아는 교회 오빠로구나. 둘은 내
것인데 둘은 누구 것인가? 아, 그냥 교회 오빠 거라니까! 본디
내 것도 아니고 뺏긴 것도 아니라니까! 뒷부분이 예전의 처
용가와는 다르지만 이해 못할 얘기는 아니다. 처용의 시선이

아니라 아내의 시선으로 본다면 불륜의 현장을 들킨 것도 아니니 신경질이 날 만도 하다.

왜 저런 난감한 자리에 교회 오빠가 출현할까? 교회의 독특한 가르침 때문이다. 사도 바울은 육신이 선하지 못한 것이라고 말한다. 우리가 마음으로는 하나님을 섬기지만 육신이 자꾸 죄를 짓게 만든다는 거다. "내 자신이 마음으로는 하나님의 법을, 육신으로는 죄의 법을 섬기노라."(『로마서』 7장 25절) 그러니까 인간은 고등어자반을 가르듯 둘로 딱 나뉜다. 마음(영혼)은 성결하기를 원하지만 육신의 소원은 정욕이다. 그러니 잠자리를 멀리할밖에. 역신처럼 어마 뜨거워라, 도망갈밖에.

이것은 물론 오해다. 사도 바울이 육신이라고 부른 것은 단순한 육체를 말하는 게 아니다. 그는 인간이 한 번에 신처럼 성스러워질 수 없다고 생각했다. 하나님을 만나고 나서도 인간은 죄를 짓는다. 사도 바울은 그렇게 잘못하기 쉬운 성향을 육신이라고 비유해서 말했던 것이다. 어쨌든 이런 이상한 이분법은 순결 콤플렉스를 낳는다. 배우자를 만나기 전까지는 동정과 처녀성을 지키겠다는 순결 선언 같은 게 교회에서는 지금도 있다. 결혼을 약속한 사람과 잠자리를 가져도 되는가를 두고 열띤 토론이 벌어지기도 한다. 속궁합도 봐야 한다는 선인들의 지혜는 이쪽 동네에서는 발붙일 틈이 없다.

"그냥 아는 교회 오빠예요"라고 할 때, 그녀는 자신은 절대로 잠자리를 갖지 않았다는 말을 하고 싶은 것이다. 안타깝게도 이 일상어 용법은 다음과 같은 사실을 은닉하고 있다. 순결 콤플렉스는 중세의 초야권(봉건 영주가 영지에 거하는 모든 여자의 첫날밤을 차지할 수 있는 권리)의 변형이며, 초야권의 강제적 내면화다. 순결 콤플렉스는 여자들에게 주입된 남자들의 이데올로기다. 그것도 여자들을 지킨다는 명목으로 포장된. 그러니 나쁜 일상어 용법으로 반박하는 것을 용서하기 바란다. 교회 오빠들은 너무나 신실해서 식사 때마다 일용할 양식을 주신 것에 대해 감사의 기도를 올린다.

　　영화 〈롤러코스터〉에서도 저 대사가 나온다. 마준규(정경호 분)가 아이돌 스타와 스캔들이 터지자 극 중 여자 친구(수영)에게 "아는 교회 동생"이라고 변명한다. 가수 수영은 정경호와 실제로 연인이었으며, 스캔들이 터지자 이들은 "그냥 아는 교회 오빠 동생 사이"라고 대답했다. 두 경우 모두 그냥 아는 사이는 아니었다.

귀요미[귀요미ː]

겉뜻   '귀염둥이'의 준말

속뜻   '귀척 요다 미친'의 준말

주석   '귀요미'가 어떻게 생겨났는지를 짐작하기란 어렵지 않다. '귀염' 떠는 '이'를 연음해서 '귀여미'를 만들고, 'ㅕ'를 그보다 작은 어감을 가진 'ㅛ'로 교체해서 최종적으로 귀요미가 되었을 것이다. '귀여운 이'를 줄이면 귀여니(인터넷에 로맨스 소설을 연재하던 그 귀여니가 맞다)가 되니까 귀요미와 귀여니는 동일한 뿌리를 가진 이름이다. 그런데 한편에서는 귀요미를 '귀척'('귀여운 척'의 준말)+'요다'(〈스타워즈〉에 나오는 못생긴 캐릭터)+'미친'의 준말이라고도 부른다. 한마디로 귀여운 척은 다 하지만 실제로는 꼬마 오크처럼 생긴 인물이라는 뜻이다. 같은 단어를 귀여운 인물과 못생긴 인물이라는 두 가지 용법으로 다 쓴다는 거다.

  언어 체계는 서로 구별되는(다른 가치를 지닌) 말들을 공간적으로 배치함으로써 성립한다. '크다/작다' '높다/낮다'와 같이 상반되는 말들을 양극에 놓고, '맛/멋'('멋'은 정신적으로 맛있다는 뜻이다) '노랗다/누렇다'('노랗다'는 가볍고 예쁘게 '누런' 색이다)와 같이 서로 비슷한 말들을 지근거리에 배열하면 언어의 체계가 만들어진다. 그런데 양가적인 뜻을 동시에 품은 말들은 언어의 이런 체계를 혼란에 빠뜨린다. 거리가 무너지고, 따라서 그 말들로 가늠할 수 있는 조망점이 사라져버리기 때문이다. 그래서 이런 말들은 그 말로 이루어진 특정한 언어 체계의 비밀을 파헤치는 구멍이 된다. 프로이트의 'unheimlich'(이 말에는 '낯익은'과 '낯선'이라는 말이 동시에 들었다. '낯익은 섬뜩함'이라 번역된다), 데리다의 'hymen'(처녀막이라는 뜻이다. 데리다는 처녀막이 파괴됨으로써만 거기에 있다고 말한다)이 그런 예다.

귀요미도 이런 용어다. '그녀가 귀엽다'는 것은 그녀가 '예쁘고 곱고 애교가 있어서 사랑스럽다'는 뜻이지만, 그것은 사실 그녀에게 속한 속성이 아니라 그녀를 바라보는 내가 부여한 속성이다. 따라서 '그녀가 귀엽다'라는 말은 '내가 그녀를 귀엽게 바라본다'라는 말의 준말이다. 소개팅 나가보면 금방 아는 사실이지만, 실제로 우리는 '귀엽다'라는 말을 '예쁘지는 않지만 호감이 간다'라는 뜻으로도 쓰고 '예쁘지 않다'라는 뜻으로도 쓴다. 이때 '귀엽다'라는 말은 '예쁘다'의 부정

('못생겼다')이기도 하고, '예쁘다'와 '못생겼다'의 중간쯤('예쁘진 않지만 귀엽다')에 있는 말이기도 하다. 그러니 우리는 물어야 한다. 그녀가 귀요미인가? 어떤 귀요미?

_{용례} 〈귀요미송〉은 한껏 귀염을 떠는 노래이지만 실은 안타까운 요청으로 가득한 노래다. "한눈팔지 마. 누가 뭐래도 내꺼 다른 여자랑 말도 섞지 마 난 니 꺼." 이 노래의 (뭘 더해도 귀요미가 나오는) 이상한 산수를 그녀의 필사적인 소망이라고 하면 될까? '원하다^{want}'에는 '결핍되어 있다'라는 뜻도 있다. 난 귀요미야. 그러니 제발 나만 바라봐.

그림 좋은데? [그림 조은데:]

<u>겉뜻</u>　불량배가 시비 걸 때 하는 말

<u>속뜻</u>　솔로가 부러울 때 하는 말

<u>주석</u>　연인들의 데이트 현장에는 꼭 불청객이 나타난다. 그런데 이 친구들, 상상력이 부족해서 어떤 커플에게든지 같은 멘트를 날린다. "여어, 그림 좋은데?" 좋은 그림이라도 여러 가지 다른 차원에서 좋을 텐데 감상평은 그거 하나다. 게다가 왜 매번 그림이라고 할까?

　본래 '보다'에는 두 개의 차원이 있다. 하나는 내가 대상을 보는 차원. 그때 나는 관찰하는 자, 대상은 관찰되는 자(=것)다. 이것이 능동적인 '보다'다. 나는 보고 싶은 것은 보고, 보고 싶지 않은 것은 보지 않을 수 있다. 다른 하나는 대상이 나를 보는 차원. 내가 무엇인가를 본다는 것은 그 무엇인가에 의해 내가 보고 있다는 사실이 보이는 것이다. 절시증을 생각해보자. 야한 장면을 몰래 훔쳐보는 사람은 바꿔 말하면 그 장면에 의해서 보이는(=봄을 당하는) 사람이다. 포르노 화면

이 제공하는 것도 바로 그런 것이다. 우리가 사랑의 현장에서는 결코 볼 수 없는 장면(그것이 클로즈업한 신체 부위든 둘이 한데 어울린 체위든)을 볼 때, 우리는 그 장면에 의해 보이는 것이다. 포르노 배우가 섹스 중에 화면을 쳐다볼 때, 더욱 흥분하거나(우리는 그 자리에 참여한 것처럼 느낀다) 흥분이 사라지는 것(우리는 몰래 훔쳐보다가 들켰다)은 이 때문이다. 어느 쪽이든 화면과 무관하게 관찰만 하는 자리란 없다. 이것이 수동적인 '보다'다.

불량배들이 "여어, 그림 좋은데?" 하고 말할 때 그들은 그 그림에 의해서 '보인다'. 다시 말해서 그들은 느낀다. 자신들이 그 그림에 참여하고 있지 못하다는 것, 자신들은 여럿이어도 모두 솔로들일 뿐이라는 것, 그리고 "좋구나!"라는 단평 혹은 신음 소리밖에는 자신들이 낼 수 없다는 것을. 기껏해야 그들은 '솔로 천국'에서 온 게릴라들일 뿐이다. 눈앞에서 지금 '커플 지옥'이 펼쳐지고 있다고 울부짖는 거다.

용례   ① 플리니우스가 전한 얘기다. 제욱시스와 파라시오스는 명성을 다투는 화가였다. 어느 날 제욱시스가 포도나무를 그렸는데, 포도송이가 탐스럽게 열려서 새들이 쪼아 먹으려 달려들다가 부딪치곤 했다. 제욱시스가 뽐내며 파라시오

스에게 말했다. "자, 이제 장막을 걷고 자네의 그림을 보여주게." 실은 그림을 가리고 있다고 믿은 장막이 그림이었다. 제욱시스는 패배를 인정할 수밖에 없었다. 새의 눈을 속인 게 '보다'의 첫 번째 차원이라면 화가의 눈을 속인 게 '보다'의 두 번째 차원이다. 새는 그림 속 포도송이가 자신을 본다는 것을 알지 못하지만 그림의 장막은 화가가 자신의 너머를 보려고 한다는 것을 알고 있기 때문이다. 불량배들은 커플 그림 너머에 자신들이 모르는 신비한 힘이 있다고 믿는다. 반면 커플은 그들이 좋지 못한 그림이라는 것을 이미 알고 있다. ② 이 두 번째 '보다'를 설명하기 위해서 예술 작품에서는 간혹 제3의 시선을 도입하기도 한다. 영화 〈피아노〉에서 스튜어트(샘 닐 분)는 아내(홀리 헌터 분)가 외간 남자와 정사를 나누는 장면을 몰래 훔쳐본다. 질투와 흥분의 시간이 지나간 뒤, 그는 자신이 기르던 개가 자신의 손을 열심히 핥고 있었다는 사실을 깨닫는다. 저 개가 바로 보는 자가 보이는 자임을 설명하기 위해 도입된 제3의 눈이다. ③ 벨라스케스의 그림 〈시녀들〉 속의 시선들에 관한 푸코의 설명(『말과 사물』)이나, 권여선의 단편 「꽃잎 속 응달」의 마지막 장면을 읽어도 좋다.

기승전○ [기승전:~]

겉뜻   결론은 늘 ○임

속뜻   ○이 늘 결론임

주석   모든 이야기의 기본 구조는 기승전결起承轉結이다. 이야기가 시작되고(기) 전개되다가(승) 절정에 오르고(전) 끝난다(결). 이 마지막 자리에 다른 이름을 넣으면 된다. 예를 들어보자. ① 기승전녀. 어떤 사연을 겪든 나는 너를 사랑해. '답정너'(답은 늘 너로 정해져 있다는 뜻의 신조어)와 같은 뜻이다. ② 기승전병. 이야기가 전개되다가 '병맛'(병신 같은 맛이라는 뜻의 신조어)스럽게 끝났네. ③ 기승전삼. 프로야구는 보나 마나야. 여러 팀이 엎치락뒤치락하다가 결국에는 삼성이 우승하지. ④ 기승전외모. 우리나라 사람은 무조건 외모만 따져. ⑤ 기승전치맥. 야식에는 치맥만 한 게 없지. ⑥ 기승전연애. 우리 드라마의 공식은 일정해. 뭐든 연애로 끝나지. ⑦ 기승전술. 일도 끝났는데 당연히 한잔해야지.

따라서 '기승전○'는 매번 같은 결론에 이르는 상황을 빗

댄 말이지만, 그 쓰임새가 의외로 넓다. ○을 바라보는 시선이 어떤가에 따라서 이 일상어의 뉘앙스가 달라지기 때문이다. ○이 부정적이라면 이 숙어는 상투적인 전개를 비판하는 말이 된다. 반면 ○이 긍정적이라면 이 숙어는 의지와 필연이 결합된 칭찬이 된다. 결론은 늘 ○이지만 ○이 무엇이냐에 따라서 결론이 달라지는 것이다.

^{용례} 2016년이 시작되어도 야당의 분열은 끝나지 않았다. '혁신'에서 '통합'까지 온갖 수사가 난무했으나 실은 주장도 하나, 동기도 하나였다. 주장은 기승전문재인사퇴. 동기는 기승전공천권. 지긋지긋한 숙어였다.

기싱 꿍 꼬또 [기싱: 꿍꼬또]

겉뜻   귀신이 나오는 꿈을 꿨다는 말

속뜻   디스토피아를 예견하고 근심하는 말

주석   루이스 울프슨Louis Wolfson이라는 사람이 있었다. 특이하게도 이 미국인은 자신의 모국어를 참아낼 수 없었다. 그는 자신의 안팎에서 들리는 영어를 차단하기 위해 최선을 다했다. 영어가 들릴 때마다 귀를 틀어막고, 영어 단어나 음소를 다른 언어로 대체하고, 문장을 다른 문장으로 번역했다. 초인적인 노력에도 불구하고 그는 끝내 영어를 회피하지 못했다. 영어 단어나 문장, 소리를 바꾸기 위해서는 그것을 주의 깊게 들어야 했기 때문이다. 게다가 자기 머릿속의 영어까지 추방할 수 있는 방법이 없었다. 모국어는 생각을 담는 그릇이 아니라 생각 그 자체다. 모국어의 어휘와 문법에 따라서 생각이 형성되기 때문이다.

이 환자의 비극을 읽으며 친일파 생각이 많이 났다. 2016년 현재, 우리는 우리나라 사람의 목소리로 "천황 폐하"니 "일본 수상은 사과할 필요가 없다"라느니 하는 말을 듣는다. 친일파가 청산되지 못했고, 권력을 획득한 친일파가 아예 자신들을 정당화하기 시작했다. 아베의 말은 듣지 않거나 듣더라도 비판하면 그만이지만, 우리 내부에서 울리는 저 소리는 어떻게 해야 할까? 영어와 완전히 단절하려면 다른 나라에 가서 오래도록 살면 된다. 저 끔찍한 발언에서 벗어나려면 친일파를 끊어내야 한다. 추방 아니면 이민이다. 울프슨이 외국에 오래 살았다면 혀 짧은 소리로 영어를 쓰던 악몽에 관해 말했을 것이다. 거기에 우리 심정을 얹어 말할 수도 있겠다. "나, 무떠운 꿈 꼬또. 영어만 말하는(=친일파 귀신이 득시글득시글한) 세상 꿈 꼬또."

아이들이 저런 발음을 내는 것은 혀 밑에 있는 혀주름 띠(설소대)가 혀 앞쪽에 붙어 있어서, 혀를 굴리는 발음에 지장을 받기 때문이다. 애인 사이에서 아이처럼 귀엽게 말을 하려다 보니 저 말이 출현했다고 할 수도 있겠고, 귀신 꿈이 너무 무서워서 혀가 얼어붙었다고 할 수도 있겠다. 어쩌면 둘 다 맞을 것이다.

꿀벅지 [꿀벅ː지]

겉뜻　'꿀'과 '허벅지'의 합성어

속뜻　'긁어'와 '허벅지'의 합성어

주석　2009년 가수 유이가 데뷔하면서 '꿀벅지'라는 말이 크게 유행했다. 마르고 가느다란 허벅지가 아니라 탄탄하고 건강미 있는 허벅지를 뜻하는 이 말은, 시대에 따른 미의 변화를 보여주는 징표로 인용되곤 했다. 예전에는 가냘프고 여린 여성이 아름다움의 표준이었다면 지금은 건강하고 자기주장이 분명한 여성이 아름다움의 새로운 기준이 되고 있다는 주장이다. 보호해주고 싶은 여성, 수동적인 여성에서 섹시한 여성, 능동적인 여성으로의 변화야말로 시대 변화에 따른 여성상의 변화를 보여주고 있다고 한다. 이런 변화가 여성의 사회적 지위가 향상했음을 일러준다는 것이다.

　순진한 생각이다. 왜 하필 꿀벅지인데? 꿀벅지의 어원으로 다음과 같은 말이 제시되었다. 일련번호를 붙였지만 사실은 다 같은 말이다. ① 핥으면 꿀맛이 날 것 같은 허벅지. ② 꿀처럼 달콤한 허벅지. ③ 꿀을 바른 듯 매끄러운 허벅지. 이 어원을 적용해서 말을 건넨다면 어느 여성이나 질색을 하며 이렇게 대답할 것이다. 그런데 내 다리에 왜 꿀을 발라! 어따 대고 그 더러운 입을 내밀어, 이 미친놈아! 결국 꿀벅지란 여성을 존중하는 척하면서 여전히 여성을 욕망의 대상으로만('먹다'라는 말은 어느 나라에서나 '성교하다'라는 속어로 쓰인다) 여기는 수컷들의 판타지다. 어떤 여성에 대해서 꿀벅지라고 찬탄하는 남성은 속으로 이렇게 말하고 있는 것인지도 모른다. 꿇어, 이 허벅지야.

<u>용례</u>　어머니는 가끔 가래떡을 구워서 조청과 함께 내놓곤 하셨다. 맛있는 간식이었다. 저 용어를 처음 생각해낸 사람에게도 비슷한 추억이 있었을지 모른다. 저 단어 때문에 어머니와 관련된 예쁜 추억 하나가 망가졌다.

꿈이냐 생시냐 [구미냐: 생시냐:]

겉뜻   너무 행복해서 내뱉는 감탄

속뜻   자신이 죽었을지도 모른다는 걱정

주석   로또에 당첨되거나 짝사랑하던 그이가 프러포즈를 받아들일 때 이런 말이 입 밖에 나온다. 꿈이냐 생시냐. 때론 확인한답시고 자기 볼을 꼬집어보기도 하지. 방정맞은 짓이다. 안 아파서 슬픈, 드문 경험이다. 그런데 질문이 조금 이상하다. 나는 꿈을 꾸고 있는 것이냐, 아니면 살아 있는 것이냐? 꿈을 꾼다고 죽은 건 아닌데 말이지.('생시'에 '자지 않고 깨어 있을 때'라는 뜻이 원래부터 있었다고 생각해선 안 된다. 이건 "꿈이냐 생시냐"를 하도 여러 번 반복해서 생긴 관용적인 의미일 뿐이다.)

생시가 살아 있을 때라면 꿈은 죽었을 때라는 뜻이겠다. 이상해 보이지만, 저승에 가장 가까운 사람들이 아이들이다. 죽어서 가는 세상이 저승인데, 이 세상에 도착하기 전에 있던 세상도 똑같이 저승이다. 아이들은 이 세상에 도착한 지 얼마 되지 않았다. 우리는 언어를 배우면서 인간이 된다. 인간이란 자신의 생각과 신체와 행동을 전부 언어화한 동물이다. 아이들은 제 뜻과 몸과 동작을 전부 언어에 내주지 않았다. 다시 말해서 아이들은 온전히 이 세상에 속해 있지 않다.

동화에 그토록 많은 저승 얘기가 포함되어 있는 것도 이런 이유에서다. 백설공주가 일곱 난쟁이를 만난 것도 무덤 속이며(난쟁이는 본래 땅속에 산다), 신데렐라의 원래 뜻이 재투성이 소녀인 것도 저승에서 왔기 때문이고(우리 식으로 말하면 신데렐라는 조왕신이다), 라푼젤의 머리가 그토록 긴 것도 그녀가 이승에 있지 않아서다(영원한 시간만이 머리카락을 그렇게 길게 기를 수 있다). 동화는 늘 "오래오래 행복하게 살았답니다"로 끝난다. 오래오래. 시간이 없는 곳에서. 아이들은 그걸 본능적으로 안다. 아이들의 꿈은 영원을 향해 있다.

<u>용례</u> ① 어른들의 꿈은 저승과 관련되어 있으면서도 시한부다. 장관 청문회에서 왕왕 보듯, 대리 기사가 운전하기 힘들까 봐 대리운전을 대리운전하고, 고추와 잔디의 이종교배를 실험하고, 제자로 빙의해서 자기 논문을 쓰는 일이란 차마 살아 있는 자가 할 짓이 못 된다. 심지어 그런 꿈을 꾸는 어른들은 자신들이 죽어 있다는 사실도 모른다. 그래서 '좀비 총리'라는 별명도 생긴 것일까? 이런 이들이 자신이 왜 지명받

았는지 모르겠다고 말할 때, "아이 좋아라, 이게 꿈이냐 생시냐"라고 되뇔 때 우리는 그들을 살려내야 한다. 그건 꿈이라고. 얼른 깨어나라고. ②〈인셉션〉에서 주인공 돔 코브(레오나르도 디카프리오 분)는 조그만 팽이를 통해서 지금이 꿈속인지 생시인지를 판단한다. 팽이가 혼자서 돌고 있다면 지금 꿈을 꾸고 있는 거다. 어린 시절을 상징하는 저 작은 조각은 생시에선 모습을 감춘다.

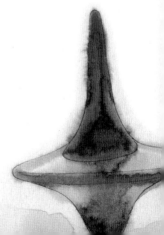

나 요즘 살쪘지? [나 요즘 살쪈지:]

겉뜻 뚱뚱해졌다고 걱정함

속뜻 사랑이 식었는지 확인함

주석 요즘 폭풍공감 그림이 유행이다. 똑같은 귀요미 애인
이 틀린 그림 찾기 속에서 묻는다. 머리 묶는 게 나아, 푼 게
나아? 앞머리 있는 게 나아, 없는 게 나아? 가방 드는 게 나아,
매는 게 나아? 머리 기르는 게 나아, 자르는 게 나아? 당신은
바로 시험에 든다. 머리띠나 이마는 기억나지도 않는데, 가
방은 있는 줄도 몰랐는데, 머리카락 고작 1~2센티미터 잘랐
을 뿐인데, 뭐가 낫냐고? 그래도 이런 질문은 성의껏 대답하
면 그만이다. 묶는 게 좋은데? 자기는 턱선이 예쁘니까. 푸는
게 좋아. 자기는 머릿결이 좋잖아. 가방은 둘 다 별로네. 내가
멋진 거 사줄게. 머리 자르지 마. 나의 소중한 몸을. 유유. 이
런 식으로. 진짜 시험은 그다음에 온다. '예/아니요'만을 요구
하는 질문, 어느 한쪽에는 반드시 부비트랩이 설치되어 있는
질문. 나 요즘 살쪘지? 아니요, 라고 대답하면 파스타, CGV의

콤보 세트, 치맥 시리즈가 기다리고 있다. 응, 이라고 대답하려면 절교 선언을 각오해야 한다. 어떤 대답이 좋을까?

옛날 사람들은 사물이 질료와 형상으로 이루어져 있다고 믿었다. 만물은 그 둘의 결합으로 이루어진다. 질료는 무엇인가 될 수 있는 재료이며 형상은 그 질료로 채워질 무엇인가다. 형상이 될 수 있는 가능성을 가진 것이라는 점에서 질료를 가능태dynamis라 부르고 질료가 현실적인 것이 되었다는 의미에서 형상을 현실태energeia라 부른다. 돌이 질료이고 팔등신 미녀의 모습이 형상이라면 그 둘의 복합체가 비너스상이다. 좀 징그럽게 풀이하자면 "나 요즘 살쪘지?"라는 질문은 '나의 질료가 내 형상 너머로 넘쳐 나왔지?'라는 질문이다. 살이 다이너마이트dynamite처럼 폭발하고 있지? 모습이 에네르기energy로 충만해 있지? 아, 하지만 똑같은 그녀다. 가능태가 현실태와 만난 게 그녀이므로 그녀의 살이 가닿은 곳에 그녀의 형상이 있을 뿐이다. 그녀는 변하지 않았다.

변한 건 당신이다. 기억은 마모 작용을 이기지 못하고 형상을 깎아낸다. 어깨가 둥글어진 것은 꼿꼿하던 어깨를 망각이 깎아냈기 때문이고, 가파르던 아랫배가 출렁이는 것은 그 깎아낸 질료를 기억이 엉뚱한 데 가져다 붙였기 때문이다. 기억이 희미해지면 윤곽이 흐릿해진다. "나 요즘 살쪘지?" 하고

그녀가 물을 때 당신은 이렇게 대답해야 한다. "사랑해." 처음
그 말을 했을 때와 똑같이.

용례 ① 우리 몸이 똥배를 좋아하는 것은 그것이 삶에 최적
화되었기 때문이다. 음식을 지방으로 바꾸어 몸에 잘 저장한
인간들만이 빙하기를 이기고 살아남았다. 우리는 그들의 후
손이다. 그러니 "나 요즘 살쪘지?"라는 질문에 이렇게 대답할
수도 있다. "당신이 최고야. 당신은 진화의 정점이라고!" ②
영화 〈내겐 너무 가벼운 그녀〉에서 할(잭 블랙 분)은 최면에
걸린 후에 쭉쭉빵빵 미녀 로즈메리(기네스 펠트로 분)를 만난
다. 최면이 그녀를 미녀로 바꾼 것이 아니다. 그녀는 실제로
도 가볍다. 다만 그녀의 존재감이 의자를 부술 만큼 무겁거나
속옷을 트리플엑스라지로 바꿀 만큼 거대할 뿐.

나 잡아봐라 [나 자바 바:라]

<u>겉뜻</u>   연인 사이에서 사랑의 술래잡기를 시작할 때 하는 제안

<u>속뜻</u>   당신은 결코 나를 잡을 수 없을 것이라는 선언

<u>주석</u>   해변이나 눈밭과 같이 탁 트인 곳에 이르면 여자가 남자를 치고 달아나며 말한다. 자기야, 나 잡아봐라. 이상한 일이다. 여자가 슬로모션으로 달려도 남자는 여자를 따라잡을 수 없다. 여자가 느리게 달리면 남자의 속도도 똑같이 느려지는 것이다. 꿈속에서 하염없이 달려도 제자리인 체험, 해보셨는지? 남자는 글자 그대로 꿈을 꾸는 것인지도 모른다.

이것은 아킬레스와 거북이의 경주에 담긴 역설이기도 하다. 둘 사이 거리가 10미터라고 하자. 남자가 10미터를 전진할 때 여자는 1미터를 가고, 남자가 그 1미터를 따라잡으면 여자는 10센티를 더 간다. 하염없이 가까워지지만 결코 추월할 수 없는 거리가 둘 사이에는 있다. 간혹 남자가 여자를 얼싸안고 모래밭이나 눈밭을 뒹구는 경우가 없는 것은 아니지만, 그것은 이 장면의 본질이 아니다. 그다음 풀밭이나 운동장

이 나오면 여자는 다시 남자의 뒤통수를 치며 말한다. 자기야, 나 잡아봐라. 아까 잡은 건 가짜라는 듯이. 그건 정말로 꿈이었다는 듯이. 난 여전히 네 앞에서 달아나고 있다는 듯이.

이 장면을 이해하기 위해서는 빛의 속성을 알아야 한다. 빛은 정지해 있지 않으며 늘 광속, 즉 초속 299,792.458킬로미터의 속도로 움직인다. 상대성이론은 이 속도가 어떤 경우에도 불변한다고 말한다. 속도란 일정한 시간 동안 일정한 공간을 이동한 값이다. 따라서 광속이 불변한다는 것은 이 속도를 지키기 위해서 시간과 공간이 가변적인 것이 되어야 한다는 뜻이다. 우리가 빛의 속도에 가까워질수록 우리의 시간은 느리게 흘러가서, 마침내 빛의 속도에 도달하는 순간 시간은 정지한다. 그러나 그 속에 든 우리에게 시간은 동일한 것으로 체험된다. 따라서 빛은 우리 눈앞에서 원래의 제 속도로 달아난다. 공간에 대해서도 비슷한 일이 일어난다. 우리가 빛의 속도에 가까워지면 우리의 길이가 축소되며, 따라서 빛은 유유히 저 앞에서 달아난다.

여자가 나 잡아봐라, 하고 외친다고 해서 남자가 아무 여자나 추격하는 것은 아니다. 여자가 빛일 때에만, 그러니까 빛의 속도로 달아날 때에만 남자는 슬로모션으로 그녀를 따르기 시작한다. 아, 그에게 그녀는 너무 눈부신 것이다. 빛은 처음부터 광속으로 달리고 있으므로 시간에 구애받지 않는다. 이 말은 빛은 태어난 그 순간부터 지금까지 나이를 먹지 않았다는 뜻이다. 빛은 생후 0살이다. 내 앞에서 빛나는 그녀가 바로 그렇다. 그녀에게는 과거라는 그늘이 없다. 그녀는 생생한 현재다.

용례　① 하지만 그녀가 태양의 그 빛이 아니라면, 그에게 월면月面과 같은 낮빛으로 지각된다면 지금까지 말한 모든 상황은 취소된다. 그때에는 진정한 추격전이 시작된다. 너, 걸리기만 해봐. 죽었어. ② 영화 〈캐치 미 이프 유 캔〉이 바로 '나 잡아봐라' 이야기다. 여성 관객에게는 이 영화의 주인공인 매력적인 사기꾼 프랭크(레오나르도 디카프리오 분)가 환한 빛이겠지만, 그를 추격하는 FBI 요원 칼(톰 행크스 분)에게 그는 '잡히기만 해봐. 죽었어'의 대상이다.

나 ○○○야 [나: ~야:]

겉뜻   꼰대의 자기 자랑

속뜻   나 좀 알아달라는 호소

주석   웃통까지 벗어부치는 건 아니라 해도 '꼰대'들은 저 말을 흔히 쓴다.(여기서의 꼰대가 선생을 뜻하는 학생들 사이의 은어가 아니라는 걸 부기할 필요는 없겠다.) 요는 여기 대단한 인물이 있다는 거다. 1인칭("나")과 3인칭("○○○")을 넘나드는 전지적 시점의 인물이라 이거다. "나아~"로 시작해서 "~이야"로 끝나는 개방된 소리에 호연지기를 담았다. 그 결과, 주사가 심한 '꽐라'들만이 낼 수 있는 성량과 음색을 가진 소리가 탄생한다.

꼰대의 육하원칙이라는 게 있다. 다음과 같단다. ① ⟨who⟩ "내가 누군지 알아?" ② ⟨what⟩ "뭘 안다고!" ③ ⟨where⟩ "어딜 감히!" ④ ⟨when⟩ "왕년에 내가~" ⑤ ⟨how⟩ "어떻게 나한테~" ⑥ ⟨why⟩ "내가 그걸 왜~". 자기를 극단적으로 내세우고 상대를 깔보는 징글징글한 어법이다. 이 육하원칙의 근간을 이루는 게 "나 ○○○야"다. 이 말을 육하원칙의 맨 처음과 맨 나중에 넣어서 대화를 복원해보자. 처음부터 자기 자랑은 난관에 부딪친다. "내가 누군지 알아?" 아니, 몰라. "나 ○○○야." 그러니까 상대방은 잘난 척하는 그이가 누군지도 모르고 있었던 거다. "네가 뭘 안다고!" 글쎄 네가 누군지 모른다니까. "어딜 감히!" 네가 어디 있는데? "왕년에 내가~" 뭐? 그때가 언제라고? "어떻게 나한테~" 내 애인도 아니면서 무슨 소리야? "내가 그걸 왜~" 이거, 그러니까 자기소개라도 해야지. 얼른 말해봐. "나 ○○○야." 그러니 누군가 웃통을 벗어부치며 이 말을 하면 조용히 들어줄 필요도 있을 것 같다. 가만들으면 꽤 불쌍하게 들린다.

용례   문단에서도 늘 저 말을 입에 달고 사는 사람이 있다. 그이가 "나 아무개야!" 하고 소리를 질렀는데, 신기하게도 주변 사람들 가운데 아무도 돌아보지 않았다. 그러자 저 말 뒤에 생략된 소리가 갑자기 들렸다. "나 ○○○란 사람이야. 제발 나 좀 돌아봐주세요."

내가 니 애비/에미다 [내가 니 에비/에미다:]

겉뜻   출생의 비밀을 밝히는 결정적인 폭로

속뜻   이건 막장 드라마라는 선언

주석   어떤 부모도 자식에게 이렇게 말하지는 않는다. 부모 자식 관계란 선험적인 것, 태어날 때부터 그렇게 정해져 있는 것이므로 조금도 의심의 대상이 아니다. 이미 각인되어 있으므로 부모자식 간에는 저런 말을 할 필요가 없다. 따라서 저 말은 아버지가 아니라 옆집 아저씨가, 어머니가 아니라 '엄마 친구 아들'의 바로 그 엄마가 해야 할 말이다. 미국의 경우 10 퍼센트를 넘는 비율로 같은 집에 사는 호적상의 아빠가 아이의 실제 아빠가 아니라고 한다. 그러니 어디서나 막장 드라마가 인기인 것을 이해할 만하다. 아홉 집 건너 한 집씩 리얼리티 쇼를 찍고 있으니.

용례   ① 지난번 대선토론 때 새누리당 박근혜 후보는 다음과 같은 요지의 연설을 했다. "저는 결혼을 하지 않았습니다.

저는 대한민국과 결혼했습니다. 엄마가 아이를 돌보는 마음
으로 나라를 돌보겠습니다." '나는 모태 솔로'라는 감성에 호
소하는 슬로건이기도 하고 왕과 부모를 동일시하는 '안민가'
의 공화국 판본이기도 하지만, 무엇보다도 거기에 내재한 무
의미의 논리가 놀라웠다. 아이를 낳지 않았다고 하면서 어떻
게 부모의 마음을 가질 수가 있지? 하지만 그때는 연설문을
써준 사람의 식견이 의심받았을 뿐이다. 2014년 4월 16일 세
월호가 침몰했다. 선장이 달아나고 1등·2등·3등 항해사가
달아나고 조타수와 기관장과 기관사가 달아나고 조기장과
조기사가 달아났다. 너희는 방 안에 있어, 꼼짝 말고 있어! 착
하게 그 말을 따라 한 어린 학생들이 수장되는 동안, 열 손가
락 어디를 깨물어도 아픈 순하고 고운 아이들이 무더기무더
기 바닷속으로 가라앉는 동안 우리는 나라의 부모를 자처하
는 이들이 무엇을 하는지를 보았다. 가장이 가계 파산의 책임
자를 찾아내겠다고 벼르는 모양을, 상주가 유족은 모른 체하
고 조문객을 조문하는 기이한 광경을 우리는 보았다. 대부분
사진을 찍는 데에만 관심이 있었을 뿐 한 삼촌은 우는 부모
옆에서 라면이나 먹고 돌아갔고 다른 삼촌은 그때 계란을 풀
어 먹은 건 아니라고 악을 올렸다. 또 다른 삼촌은 추모 리본
의 색깔이 맘에 안 든다고 생떼를 썼고 또 다른 삼촌은 여기

는 내 관할이 아니라고 함으로써 자신이 소풍 왔다는 사실을 누설했다. 우리는 알았다. 2014년 대한민국은 막장 드라마다. 우리는 알았다. 우리가 아는 애비/에미는 우리의 실제 애비/에미가 아니었음을. 드라마는 이제 겨우 시작했을 뿐임을. ②〈스타워즈〉의 저 유명한 대사("아임 유어 파더")는 악의 화신마저도 길고 긴 친자확인소송에서 자유로울 수는 없다는 것을 말해준다. 반대로 우리에게는 홍길동의 슬픔이 있다. 진짜 "아버지를 아버지라 부르지 못하는……" 그런 슬픔.

내가 왜 화났는지 몰라? [내가 왜: 화난는지 몰라:]

겉뜻   상대방의 잘못에 대한 추궁

속뜻   자신도 잘 모르겠다는 고백

주석   여자는 단단히 화가 나 있다. 그녀 앞에서 남자는 점점 더 작아진다. 사과해야 하는데 무엇을 잘못했는지 알 수가 없는 것이다. 잘못을 지적해주면 좋으련만 웬걸, 그녀는 오히려 반문한다. 내가 왜 화났는지 몰라? 모른다는 대답은 불쏘시개다. 그녀의 분노는 더욱 맹렬히 타오를 것이다. 그렇다고 안다고 해서도 안 된다. 더 무서운 질문이 돌아오기 때문이다. 알면 말해봐. 남자는 자신도 모르는 얘기를 아는 사람이 되어, 무서운 불가해不可解 앞에 선다.

    남자는 지금 심문을 받고 있다. 실제로 법도 저런 방식으로 작동한다. 저 질문을 심문대 앞에서 말하면 이렇다. 네 죄를 네가 알렷다! 이 호통이 감추고 있는 것은 법이 내 죄에 대해서 아무것도 모른다는 사실이다. 그러니 내게 묻는 거지. 너는 네 죄를 아느냐고. 나는 도무지 모르겠다고. 법은 원래가 모순투성이다. 법은 '하라Do'라는 당위 명령과 '하지 말라 Do Not'라는 금지명령으로 이루어져 있는데, 둘은 같은 것이다. 법은 동굴 속에서 술래잡기하는 연인처럼 말한다. "안 돼요, 돼요, 돼요……." 여기서 '하지 말라'라는 명령은 '하라'라는 유혹의 다른 버전이다. 에덴동산의 진정한 교훈은 바로 여기에 있는지도 모른다. 선악과를 먹지 말라는 명령은 먹으라는 명령과 늘 짝을 지어 온다. 그 맛을 볼 때까지 에덴동산의 시간은 정지해 있다.

아무것도 아는 것이 없으므로, 그 자신이 모순으로 가득 차 있으므로 법은 호통은 치지만 자신이 잘못했다고는 결코 말하지 않는다. 아니, 자신이 무엇을 잘못했는지도 모른다. 법은 피해를 입은 이들에게 사과하고 심지어 울기도 하지만 결코 자신의 과오를 시인하지는 않는다. 법은 눈물을 닦지도 않은 채 징벌을 말하면서도 그것이 모순이라는 사실을 모른다. 법은 그 자신이 불법이라는 사실도 모른다. 따라서 여자가 내가 왜 화났는지 몰라? 하고 물을 때 "알아" 혹은 "몰라"라고 대답하는 것은 올바른 대답이 아니다. 그 대답은 여자가 화를 내고 있다는 사실 자체를 정당한 것으로 만들어버린다. 남자는 이렇게 대답해야 옳았다. 자기가 모르는 걸 왜 나한테 물어?

용례 ① 이른바 유체이탈화법이란 화자와 청자 사이, 곧 말하는 사람과 그 말을 들어야 할 사람 사이에서 구사되는 것으로 알려져 있지만 실제로는 아는 자와 모르는 자 사이에서 구사되는 것이다. 화를 내는 사람은 왜 화가 났는지를 모르고 우는 사람은 무엇이 슬픈지를 모른다. 육체가 아니라 유체이기 때문이다. ② 그녀의 저 "왜?"라는 질문은 결코 해답을 얻을 수 없는 질문이라는 점에서, 〈아바타〉에서 인간이 그토록 얻으려 애썼던 광물인 '언옵타늄'과 같은 것이다. 광물에 그 이름이 붙은 순간, 언옵타늄은 끝내 인간의 것이 되지 못할 운명을 갖게 된다.

너 몇 학번이야? [너 며탁뻐니:야:]

겉뜻　　내가 연장자라는 뜻

속뜻　　내 기억력이 예전만 못하다는 뜻

주석　　우리말은 존대법이 이례적으로 발달한 언어다. 상대를 높이는 존대, 자신을 낮추(어 상대를 높이)는 존대, 제3자를 높이는 존대가 따로 있고, 행동이나 상태를 높이는 존대가 따로 있다. 말의 구석구석, 요소요소마다 높임말의 흔적이 묻어 있는 것이다. "아버지가방에들어가신다"라는 문장을 접해보셨는지? 어떻게 띄어 쓰느냐에 따라 아버지가 방에 들어가는 건지 아버지의 가방에 들어가는 건지가 달라진다고 들었을 것이다. 사실 우리는 이 문장이 본능적으로 잘못되었다는 걸 안다. "아버지께서 ~들어가신다"라고 썼어야지! 저 문장은 띄어쓰기의 중요성이 아니라 존댓말의 용법을 일러주는 예인 셈이다. 존댓말에도 저처럼 호응 관계가 있다. 이 호응의 무의식을 들여다보는 일은 좀 끔찍하다.

　　모든 게 상대를 존중하는 문화가 발달해서……라고 말하

고 싶지만, 안타깝게도 '높임'이란 '낮춤'과 한 짝이어서 우리
말에는 존대만큼이나 하대도 발달했다. 신분제 사회의 전형
적인 특징이다. 신분의 장벽을 말의 격벽으로 확인하는 것이
다. 넌 천한 것이니 내게 이야기할 게 있으면 모든 절차를 거
쳐서 와. 나를 전하나 폐하, 각하라고 불러. 넌 내가 있는 집
아래(殿下), 섬돌 아래(陛下), 전각 아래(閣下)에 있는 거야. 말의
계층구조란 신분의 계층구조다. 존대법이란 저 신분의 완강
함을 확인하는 방법에 지나지 않는다. "3000원이십니다" "주
문되셨습니다"와 같은 이상한 존대법(이것은 「대박」 항에서도
이야기했다)은 물신숭배의 표현이면서 신분 구조의 재확인이
기도 하다. 한 기자가 종업원에게 왜 그런 이상한 표현을 쓰
느냐고 물었다. 대답은 이랬다. "저도 이상한 거 아는데요, 그
렇게 말 안 하면 손님이 화내요."

　21세기판 신분제도를 만든 궁극의 원인은 돈이지만, 그것
은 여러 표현형식을 갖고 있다. 자본 권력이 자신을 무력한
자들과 구분하기 위해 설정한 표현형이다. 재산의 정도가 첫
번째 기준이지만 이를 직접 물어볼 수 없으니까 간접적으로
확인할 수 있게 개발한 매뉴얼이다. 출신 지역, 학교, 직장 및
지위, 사는 곳, 나이. 그나마 평등의 요소를 갖고 있는 유일한
요소가 나이다. 이건 시간에 따라 누구에게나 공평하게 배분

되는 것이니까. 경로석을 둘러싸고 왕왕 제기되는 어르신들의 횡포(?)는, 그것 외에는 다른 어떤 표현형도 갖지 못한 약자들의 '갑질'이라는 점에서 이해할 만한 여지가 있다.

　말싸움의 결론이 늘 "당신 몇 살이야?"인 것도 그런 이유에서이며, 이것이 학벌과 결합해서 나온 말이 "너 몇 학번이야?"다. "학번이 깡패다"라는 단정과 짝을 이룬 말이지만 실은 이상한 질문이다. 몇 학번인지도 모르면서 왜 처음부터 반말일까? 아무리 봐도 상대방이 자신보다는 어려 보인다는 건데, 그래서 그게 논쟁과 무슨 상관이 있다고? 혹시 그는 청문회에 선 증인들처럼 상대방 앞에서 피해 가려는 것 아닐까? 요즘 자꾸 기억이 자꾸 가물가물해. 가만, 근데 댁은 뉘시더라?

용례　문단의 원로인 오탁번 시인이 이런 시를 쓴 적 있다. "복학한 어느 학생이 / 학교 앞 술집에서 술을 마시다가 / 시건방지게 떠드는 옆자리 학생에게 말했다 / 야! 너 며탁번이야? 위 아래도 업서?" 시인의 대답은 이렇다. "나? 나는 오탁번이다! 어쩔래?" 그랬구나, 이분, 05학번이었구나.

넘사벽 [넘사:벽]

겉뜻 넘을 수 없는 4차원의 벽

속뜻 너무 사악한 벽

주석 극복할 수 없는(=차원이 다른) 장애물로 가로막힌 대상을 '넘사벽'이라고 부른다. 주로 격차가 너무 커서 비교할수 없는 상대를 과장해서 표현할 때 쓰는 말이다. 용례를 뒤져보니 전교 꼴찌가 이기고 싶어 하는 전교 1등, 폭탄이 사모하는 킹카나 퀸카, 미모를 뽐내는 연예인들 앞에 이 수식이 붙어 있다.

　본래 차원이란 한 세계를 구성하는 시간과 공간의 총체다. 시간 차원을 제외하고 말한다면 1차원은 직선, 2차원은 평면, 3차원은 공간이다. 해당 차원의 존재에게 다른 차원은 설명할 수 없는 이계異界의 출현으로 보인다. 1차원의 존재에게는 옆이 없고, 2차원의 존재에게는 높이가 없다. 따라서 1차원의 사람에게 곡선이란 그리고 2차원의 사람에게 높이란 이해할 수도 추측할 수도 없는 신비이자 불가지不可知다. 3차원의 세계를 사는 우리에게는 4차원이 바로 그런 불가지의 차원이다. 거기에 관해 직관으로는 아무것도 이해할 수 없기에, 그 불가지의 대상은 신비(긍정적으로 보았을 때) 혹은 공포(부정적으로 보았을 때)로 경험된다.

긍정적으로 보면 넘사벽은 찬탄의 대상이다. 어떤 이의 지성이나 미모에 대해 감탄해서 저 말을 쓸 때가 그렇다. 부정적으로 보면 넘사벽은 공포나 욕설의 대상이다. 생각해보라. 우리가 광화문이나 시청 앞 네거리를 걷는 선한 보행자인데 보도와 차도를 동시에 가로막는 거대한 차벽과 마주친다면? 그 너머에서 물대포와 최루액이 쏟아진다면? 항의하는 얼굴을 몰래 찍어 가서는 출두요구서를 보내온다면? 그때 넘사벽은 너무도 사악한 벽이 된다. 제 자신이 불법인 주제에 우리를 불법으로 모는.

용례　　① 차벽은 '遮壁'이지만 우리가 마주치는 넘사벽은 '車壁'이기도 하다. 물대포로 시위대를 직격하는 하수인들을 우리는 차의 자식(車息)들이라고 불러도 될 것이다. ② 끈 이론에 따르면 다른 차원은 우리 우주에도 이미 개입해 있다. 물리학자 리사 랜들Lisa Randall은 우리가 부엌에서 만나는 눌어붙지 않는 프라이팬에도 다른 차원이 숨어 있다고 말한다. 이런 프라이팬은 준결정^{quasicrystal} 물질로 코팅을 했는데, 이 준 결정은 "여분 차원을 통해서만 격자 규칙이 드러나는 매혹적인 결정체"다. 우리는 프라이팬에서도 4차원을 경험할 수 있는 셈이다. 넘사벽이라고? 고작 프라이팬에 들러붙은 2차원에 불과한 것들이 우리를 가로막는다고?

네가 처음이야 [니가 처으:미야]

겉뜻   사랑의 유일무이성에 기댄 고백

속뜻   당신이 몇 번째인지 셀 수 없다는 자백

주석   남자와 여자가 천신만고 끝에 빈방을 얻어서 들어온
다. 이런 데 처음 와봐. 떨려. 난 자기가 처음이야. '처음'이라
는 말에는 첫사랑이라 말할 때의 그 '첫first'이라는 뜻이 배어
있다. 당신은 내 사랑의 시작이고 기원이고 출발지야. 두 번
째second나 세 번째third가 아니라고. 그런데 조금 더 있다 보면
다른 사실이 폭로된다. 여긴 인터넷이 광랜이 아니네. 거품
샤워하고 싶은데 안 되잖아? 에이, 2만 원만 더 쓰지.

　뭐지, 이 익숙한 느낌은? 나는 당신에게 처음으로 고백했
는데 어째서 내 고백에서는 재방송의 냄새가 나는 걸까? 사
실 고백하는 사람은 말더듬이일 수밖에 없다. 나, 나는, 다, 당
신을, 사, 사랑해요. 고백하는 이는 반드시 체언 앞에서만 더
듬는다. 그토록 추위를 타던 그의 혀는 조사나 용언 앞에서는
뱀처럼 미끄럽다. 그는 지금 자신의 고백을 여러 번 다듬고

있는 것이다. 스케치하는 이가 윤곽을 잡기 위해 여러 번 선을 그리듯이. 저 고백을 다시 들어보라. 내가 두 번, 당신이 두 번, 사랑이 두 번 반복되지 않았던가? 고백을 하는 나도 둘, 고백을 받는 당신도 둘, 고백도 둘. 이것이 첫사랑이 데자뷔일 수밖에 없는 첫 번째 이유다.

저 고백은 나와 당신을 절대적인 자리에 데려다 놓는다. 우리가 여기 이 자리에 있게 된 것은 필연이다. 사실 우리는 무수히 많은 우연을 건너뛰어서 여기에 당도했다. 부모님이 이동네에 이사를 오지 않았다면, 미팅 때 친구가 10분만 늦지 않았다면, 수능 때 1번에서 10번까지 답안지를 비껴 쓰지 않았다면, 그때 졸다가 중앙선을 넘어온 트럭이 깜짝 놀라며 제자리로 돌아가지 않았다면, 사돈의 팔촌이 복통으로 입원하지 않았다면…… 우리는 이렇게 만날 수 없었을 것이다. 이 수많은 우연의 결과로 우리가 대면하다니, 이것이 필연이 아니면 무엇인가?

이것은 이상한 이산가족 상봉과도 같다. 엄마 고향은 대구, 아빠 고향은 전주, 내 고향은 수원. 그러니 우리가 만난 것은 신의 섭리예요. 그런데 알고 보면 그런 수많은 우연의 집적만이 필연이다. 우리는 이 자리에서는 처음 만났으나 이미 수많은 다른 만남을 혹은 피하고 혹은 맞닥뜨리고 혹은 넘어서 이

자리에 왔다. 우리는 만날 수 있는 모든 가능성 가운데 하나를 골라 들었다. 담요 위의 화투장처럼 나는 당신을 골라 들었다. 당신이 똥광이든 대보름이든 국진이든 간에. 이것이 처음이 데자뷔인 두 번째 이유다. 패를 뒤집은 건 처음이지만 당신은 다른 마흔일곱 장과 구별되지 않는다.

　그러니 우리는 이렇게 말하자. 모든 사랑은 첫사랑이다. 내 앞에 선 당신이 세 번째든 열일곱 번째든 내 대답은 한결같다. 당신이 내겐 처음이야.

용례　① SF 영화 〈엣지 오브 투모로우〉에서도 이런 장면이 나온다. 처음 당도한 빈집에서 쉬었다 가자고 하며 케이지(톰 크루즈 분)가 말한다. 처음 왔는데 우리 처음으로 커피 한 잔 하지. 자기는 설탕 넣지? 아, 세 스푼이었지. ② 예전에는 '처음'의 증거로 처녀막에 집착하는 얼간이들이 제법 있었다. 도대체 사람을 사람으로 보지 않는 비인간들이다. 누드 헤어를 단속해야 한다고 입에 거품을 무는 심의·윤리위원들은 거기에서 얼마나 멀리 있는 걸까?

늙으면 죽어야지 [늘그면 주거야지]

겉뜻   노인들이 탄로歎老의 정서를 담아 토해내는 한탄

속뜻   열렬히 누군가를 사랑하겠다는 의지의 표현

주석   이 말을 온전한 문장으로 쓰면 이렇다. "만일 내가 늙는다면, 나는 죽겠다." 전반부는 가정법이니 실은 자신이 아직 늙지 않았다는 말이고 후반부는 그때가 되면 자기 의지로 죽음을 선택하겠다는 말이다. 그러니 저 말을 하는 이는 자신이 노인이 아니라고 생각하는 것이다. 버스나 지하철에서도 한사코 경로석을 찾아가지는 않겠다는 것이다.

나이가 들면 죽겠다는 건 무슨 뜻일까? 생물이 죽지 않는 방법에는 두 가지가 있다. 첫 번째 방법은 무성생식으로 번식하는 방법이다. 아메바나 짚신벌레처럼 몸이 둘로 나뉘어서 번식하는 생물(이분법), 히드라나 말미잘처럼 몸의 일부가 혹처럼 떨어져 나와서 새로운 개체가 되는 생물(출아법), 고사리나 이끼처럼 몸의 일부에서 만들어진 포자가 떨어진 후 거기서 싹이 트는 생물(포자법) 등이 이 방법을 쓴다. 자기 유전

자와 똑같은 개체를 만들어 번식하는 방식이므로 자손이 자기 자신인 셈이다.

이런 생물은 불멸이다. 내가 나를 낳고, 주니어 내가 3세 나를 낳고…… 이렇게 세세만년 이어진다. 그러니 죽지 않겠다는 것은 고작 아메바나 짚신벌레, 말미잘이나 고사리 같은 삶을 살겠다는 뜻이다. "늙으면 죽어야지"에 담긴 첫 번째 뜻은 바로 이것이다. 나는 유성생식을 하겠다. 골방에 웅크려 자기 몸이나 어루만지는 짓은 하지 않겠다. 그래서 노인대학에서도 젊은이들 다니는 대학에서만큼이나 로맨스가 끊이질 않는 것이다.

죽지 않는 두 번째 방법은 몸이 죽음을 거부하는 것이다. 우리 몸의 세포는 자기 역할을 다하면 스스로 죽도록 프로그래밍되어 있다. 이를 아포토시스apoptosis라 하는데, 이런 예정된 자살을 거부하는 세포가 있다. 바로 암세포다. 쓸모없는 세포가 영생을 탐해서 무한히 증식할 때 암이 된다. 이 정신 나간 돌연변이가 무한히 증식해서 정상 세포들의 자리를 차지하면 몸이 부서져 죽음에 이르게 된다. 불멸이란 생명을 갉아먹는 것이다. 따라서 "늙으면 죽어야지"에 담긴 두 번째 뜻은 이런 것이다. 나는 사랑하는 당신에게 암적인 존재가 되지는 않겠다. 나는 당신을 위해 이타적으로 살겠다. 곧 나는 죽어서 당신의 일부로서의 내 역할에 충실하겠다.

용례 ① 헨리에타 랙스Henrietta Lacks의 충격적인 실화는 이 불멸의 정체를 폭로하는 이야기다. 그녀는 1951년 자궁암으로 죽었으나 그녀의 암세포는 채취되어 실험실에서 배양되었다. 그녀의 성과 이름에서 두 글자씩 따서 '헬라Hela'라고 이름 지어진 이 암세포는 무게 5000만 톤에 이르는 괴물로 성장해서 전 세계에 퍼졌다. 헬라는 원자폭탄이 터질 때에도 거기 있었으며 인류 최초의 우주선에도 타고 있었다. 헬라야말로 SF 호러물에서 흔히 볼 수 있는 무한 증식하는 무정형 괴물의 실제 모습이다. 늙으면 죽어야지, 저런 괴물이 되어서야 되겠는가? ② 영화 〈죽어도 좋아〉가 말하는 죽음이 바로 이런 죽음이다. "좋아 죽겠네"라는 표현에 담긴 역설을 바로 실천하기. 이 영화를 둘러싼 소동이란, 좋아서 죽을 수 없는 어린것들의 질투를 보여주는 것이었다.

니가 가라 하와이 [니가가라: 하와이:]

겉뜻   친구의 휴가 제안을 거절함

속뜻   4·19의 정신을 되새김

주석   2001년 개봉하여 역대 최다 관객을 경신했던 영화 〈친구〉는 수많은 유행어를 낳았다. "느그 아부지 뭐 하시노?" "내가 니 시다바리가?" "고마해라. 마이 무따 아이가" "아이다, 친구끼리는 미안한 거 없다" "쪽팔려서". 심지어는 영어 선생의 콩글리시 발음("더 워드 폴루션 유주얼리 민스 썸씽 라이크 더 티에어 워터 앤 노이즈……")까지 흉내의 대상이 되었다. 하지만 최고의 유행어는 따로 있었다. 준석(유오성 분)이 상대 폭력 조직의 행동대장이 된 친구 동수(장동건 분)에게 분쟁을 피해 잠시 외국에 나갈 것을 권유하자 동수가 퉁명스럽게 대꾸한다. "니가 가라, 하와이."

부산 사투리에 실려서 리드미컬하게 전달되는 저 일곱 음절은 운도 맞고('이~아~와~이'로 이어지는 소리는 크레센도와 데크레센도를 이어 붙여 발음해야 한다), 높낮이도 일품이다

('가라'가 제일 높고 '하'가 두 번째로 높아서 큰 산 하나, 작은 산 하나로 이루어진 안정된 구도를 갖추었다). 오랜 '시다바리' 생활을 청산하고 독립한 2인자의 자부심과 독기가 똑똑 묻어나는 건조한 발음이다. 어쩌나 인기가 많은지 지금도 저 말은 하와이 여행 상품을 파는 관광사들이 제일 좋아하는 문구다.

하와이는 눈물과 쾌락이 한데 섞인 복잡한 곳이다. 폴리네시안 제국의 멸망에서 사탕수수 농장의 눈물과 진주만 기습에 이르는 착취와 수탈과 전쟁의 역사가 하와이의 이면이라면, 와이키키 해변, 할레아칼라 국립공원으로 대표되는 천혜의 자연과 수많은 먹거리·볼거리를 제공하는 관광지로서의 명성은 하와이의 표면이다. 하와이는 인종의 용광로라 불릴 만큼 전 세계 인종이 자유롭게 통혼하고 아이를 낳는 곳이기도 하다.

우리 역사에서 하와이는 어떤 의미일까? 하와이는 우리나라의 초대 대통령 이승만과 관련이 있다. 그 역시 하와이만큼이나 복잡한 인물이다. 한쪽에서는 그를 독립운동가, 임시정부 수반, 건국의 아버지, 국부國父라 부르며 추앙하는가 하면 다른 한쪽에서는 분단을 조장하고 친일파를 중용하였으며 정적을 암살하고 전쟁 중에는 가장 먼저 달아났으며(심지어 일본에 망명정부를 세우겠다고 요청하기까지 했다고 한다) 부정선

거를 자행하고 헌법을 고쳐 종신 대통령을 꿈꾸다가 4·19혁명으로 하야한 독재자라고 기억한다. 독립운동가로 시작하여 독재자로 생을 마친 '독고다이'의 대표였던 셈이다. 그가 대통령직에서 물러나서 망명지로 선택한 곳이 하와이다. 그때 거리로 쏟아져 나왔던 수많은 시민들은 입을 모아 이렇게 외쳤을 것이다. 니가 가라, 하와이!

_{용례}　논란(?)이 많은 인물로는 5·16을 일으킨 박정희 대통령도 빼놓을 수 없을 것이다. 그런데 그는 하야 따위는 꿈도 꾸지 않았다. 〈친구〉에서 동수는 준석의 제안을 거절한 후에 거리로 나와서 무수한 칼침을 맞는다. 동수의 마지막 말이 "마이 무따 아이가"다. 동수는 후회하지 않았을까? 친구 말들을걸. 내가 갈걸, 하와이.

다리 밑에서 주웠어 [다리 미테서 주월써]

겉뜻   내 자식이 아니야

속뜻   내 아버지가 아니야

주석   철들기 전에 한 번씩은 들어보았을 것이다. 아버지가
얼굴에 웃음기를 거두지 않고 하는 말, "어렸을 때, 널 다리 밑
에서 주워 왔어". 우리를 단번에 홍길동이나 신데렐라로 만드
는 그 말. 아버지를 아버지라 부르지 못하고 형을 형이라 부
르지 못하게 하는 그 말. 계모와 이복누이들 사이에서 하염없
이 설거지나 하는 게 나의 운명이라는 걸 깨닫게 한 그 말. 아
버지는 왜 저토록 잔인한 진실을 폭로할까. 우리가 가출할 능
력을 갖추기도 전에.

　철이 든 후에야 우리는 저 말이 동음이의어를 활용한 말놀
이라는 걸 알게 된다. 저 다리는 마포대교나 영도다리가 아니
라 어머니의 다리를 말하는 것이었지. 어째서 "다리 아래서"
라고 하지 않고 "다리 밑에서"라고 말했는지도 그때야 알게
된다. 그래도 이해하기 어렵기는 마찬가지다. 아버지는 왜 저

렇게 재미없는 농담을 여러 번 반복할까. 웃기도 어렵고 울기도 어려운 농담을.

프로이트는 문명의 기원에는 잔인한 아버지가 있다고 상상했다. 그 이야기에 따르면 아버지는 여자들을 독점하고 아들들을 추방했다. 성장한 아들들이 돌아와 힘을 합쳐 아버지를 죽였다. 아버지를 죽였다는 죄의식과 자신도 자식들에게 살해당할지 모른다는 불안에 시달린 아들들은 협약을 맺었다. 아버지가 차지했던 여자들(어머니와 누이들)은 단념하자고. 프로이트는 이것이 근친상간 금지이며 바로 여기서 문명이 시작되었다고 보았다. 태초의 아버지는 잔인하면서도 외설적이다. 아들들에게는 금지명령을 내려놓고 정작 자신은 여자들을 독차지했다. 아버지 자신에게는 근친상간에 대한 금기가 없다.

이 금기가 내면화된 것이 우리 마음속의 아버지, 초자아다. 초자아는 금지명령이지만 바로 그 금지의 형식으로 유혹을 재도입한다. 초자아의 명령에 복종하기만 하는 자아는 꼭두각시에 지나지 않기에, 초자아의 금지명령은 위반에 대한 강력한 유혹이기도 하다. 아버지가 데려간 저 "다리 밑"을 생각해보자. 저 장소는 나의 기원이다. 출산 장면이기 때문이다. 아버지는 내가 기억하지 못하는 저 외설적인 장면을 응시하

라고 내게 강요하고 있는 셈이다. 철이 들었으므로 우리는 이 징그러운 요구를 거부해야 한다. 초자아에게, 내면화된 법에게 선언해야 한다. 너는 내 아버지가 아니야.

용례　　국부國父 이승만은 6·25가 터지자마자 대전까지 도망가서(대구까지 달아났다가 너무 멀리 갔다는 지적에 조금 용기를 내서 돌아왔다)는 전화로 녹음한 방송을 내보냈다. 국군과 유엔군이 총반격하여 북상하고 있으니 안심하라고. 그러고는 인민군의 남하를 막겠다고 한강 다리를 폭파했다. 다리를 건너던 천 수백 명의 피난민이 폭사했다. 우리는 그때 아버지에게 버림받고 다리 아래로 떨어졌다. 끔찍하게 외설적이다. 우리는 다리 밑에서 주운 사람들이었구나. 아버지를 아버지라 부르지 못한 게 아니다. 실은 아버지 아닌 자를 아버지라고 불렀을 뿐.

대박 [대:박]

겉뜻   '쪽박'의 반의어

속뜻   '헐'의 유의어

주석   언제부턴가 '대박'이라는 말이 나라 곳곳에서 유행하기 시작했다. "대박 나다" "대박이 터지다"와 같은 문장에 포함되어 '큰돈을 벌다' 혹은 '크게 흥행하다' 정도의 뜻을 나타내는 말이다. 그 시작은 한 카드사가 "여러분, 모두 부자 되세요. 꼭이요"라는 말을 히트시킨 2001년으로 거슬러 올라간다. 그때는 연말연시 인사, 이를테면 "메리 크리스마스" "해피 뉴 이어" "새해 복 많이 받으세요" 따위의 말들이 모두 저 말로 대체되어버렸다. 즐거우려면? 부자 되세요. 꼭. 행복하려면? 부자 되세요. 꼭. 복 많이 받으려면? 부자 되세요. 꼭. 강부자 씨에게는 미안한 말이지만, 그게 왜 "메리"와 "해피"와 "복 많이"를 대신해야 하는지 이해하기 어려웠다. 지금은 물신숭배가 너무 많이 확산되어 편의점이나 음식점만 가도 "3000원이십니다" "주문되셨습니다"와 같은 이상한 존댓말을 흔히 듣는 나라가 되었다. 돈이 존대받는 나라, 사람이 주문이 되는 나라가 우리나라이며, 대박은 그런 삶의 필연적인 결론이다.

대박의 어원에 관해서는 두 가지 설이 있다. 하나는 도박설. 노름판에서 여러 번 이겨 계속 물주 노릇을 하는 일 혹은 그렇게 이긴 사람의 몫을 박博이라고 하므로, 대박이란 연속해서 딴 돈, 크게 딴 판돈을 의미한다. 다른 하나는 바가지설. 박과의 한해살이 덩굴풀 혹은 그 열매를 박이라고 하고, 거기서 얻은 바가지 중에 작은 바가지를 쪽박, 큰 바가지를 대박이라고 한다. 둘 다 방증이 풍부하여 어느 게 정설인지를 결정하기 어렵다. 박은 중국에서 유래한 저포의 일종으로, 전하여 내기 노름을 통틀어 부르는 이름이 되었다. 외국에서도 잭팟jackpot(복권이나 포커에서 당첨자가 나오지 않아서 쌓인 거액의 돈을 뜻하는 말)이라는 말이 있어 우리말과 신비한 공명을 이룬다. '대박'과 '잭팟', 운이 딱딱 맞지 않는가? 도박 기원설을 지지하는 증거다. 박 하면 당연히 흥부와 놀부를 떠올리지 않을 수 없다. 대박 난 흥부를 따라 하다가 쪽박 찬 놀부를 보면 큰 바가지라고 해서 무조건 좋은 건 아님을 알 수 있다. 요즘도 대박은 안 좋은 용법으로도 쓰인다. "두 달 전에 너보고 군대 간다고 헤어지자고 했던 오빠 있잖아? 어제 나이트클럽에서 부킹하다가 만났어." "헐, 대박." 바가지 기원설을 지지하는 증거다.

어느 쪽이든 대박은 황폐한 삶을 역설적으로 증거한다. 복권이나 노름에서 대박을 바라는 것은 정상적인 방법으로는 부자가 될 수 없기 때문이며, 놀부가 끝까지 모든 박을 탔던 것은 대박에 길흉이 섞여 있었기 때문이다. 아, 그렇다면 저 박은 실은 머리통을 속되게 이르는 말이 아닌가? 박 터지게 싸워서, 네게는 가난을 주고 나는 돈을 갖겠다는 전쟁 용어가 대박이다. 이를 머리통 기원설(두개골설)이라고 부르자.

용례　급기야 대통령까지 나서서 "통일은 대박"이라고 말한다. 그런데도 대북 정책은 여전히 적대적이다. '빵카'라도 쳐서 요행을 얻겠다는 뜻일까?(도박설) 아니면 국민들에게 "헐 ~ 대박!"이라는 반응을 유도하겠다는 뜻일까?(바가지설) 어느 쪽이든 제발 머리는 썼으면 좋겠다.(두개골설)

돌아보고 올게요 [도라보고 올게요:]

겉뜻   돌아오겠다는 약속

속뜻   안녕이라는 통보

주석   손님, 돌아보고 오신다더니, 옆집을 선택했군요. 임 중
에 무정한 임이 손님인가요. 연애 관계에 빗댄다면 손님만큼
못된 임도 없을 것이다. 우리 이제 헤어져. 다른 사람 찾아서
한 바퀴 둘러볼게. 마땅한 사람 없으면 돌아올게. 네가 싫어
서 가는 게 아니야. 널 사랑해서 가는 거라고.

용례   「사랑하니까 헤어지자」 편을 참고하라.

또 콸라 된 겨? [또 괄라됭겨:]

겉뜻   또 술 먹었느냐는 비난

속뜻   전생을 기억하고 있느냐는 찬탄

주석   광동 '헛개차' 광고에 출연한 코알라를 보고 땅을 쳤다. 흥, 이거 내가 먼저 떠올렸던 건데, 이걸로 시를 한 편 쓰기도 했는데? 저 동네에서 말도 없이? 광고는 이렇다. 주차장에서 유령을 닮은 큰 자루 하나가 발견된다. 자루를 벗겼더니 볼이 벌건 코알라가 졸고 있다. 그걸 보고 경비원이 한탄한다. "아유, 또 코알라 된 겨?" 공포물과 변신담과 코미디를 이어 붙인 이 광고의 핵심은 당연히 '코알라=콸라'라는 말놀이에 있다. 실제로도 코알라는 오스트레일리아 원주민 언어로 '물을 먹지 않는다'라는 뜻을 지닌 '굴라gula'에서 온 말이니 콸라와도 닮았다. 물 한 컵 먹는 건 힘들어도 생맥주 1000시시는 한 번에 털어 넣는 재주를 가진 이들이 콸라다.

사실 코알라와 콸라 사이에는 훨씬 더 많은 공통점이 있다. 첫째, 겉모습. 둘 다 자다 깨다를 반복한 것처럼 보이는 풀어진 눈과 부스스한 머리를 하고 있다. 둘째, 느릿느릿한 동작. 코알라가 먹는 유칼립투스 잎에는 소화하기 어려운 섬유소와 목질소가 많아서 영양 효율이 좋지 않다. 음식에 영양분이 별로 없고 대사율도 낮아서 코알라는 하루 스무 시간을 자고 남은 시간을 먹거나 쉬면서 보낸다. 자고 마시고를 반복하는 느릿느릿한 꽐라다. 셋째, 독이 든 먹거리. 유칼립투스 잎에는 여러 독성 물질이 있다. 그로 인한 손상을 줄이기 위해 코알라는 수종을 바꿔가며 먹는다. 꽐라도 술이 몸에 좋아서 먹는 것은 아니며, 1차·2차·3차를 옮겨 다니며 주종을 바꿔가며 먹는다. 넷째, 흘리기 쉬운 주머니. 유대류인 코알라는 특이하게도 육아낭이 아래로 나 있다. 캥거루의 육아낭은 위로나 있어서 새끼를 담고 달릴 수 있지만 코알라는 그럴 수가 없다. 꽐라의 주머니도 그렇게 자주 털린다. 그는 흔히 지갑과 안경을 2차나 3차 자리에, 버스나 택시 뒷좌석에 두고 내린다.

하지만 뭐니 뭐니 해도 둘 사이의 가장 큰 공통점은 귀소본능에 있다. 코알라는 자신이 나고 자란 숲을 기억한다. 인터넷 사이트에서는 벌목된 숲에 우두커니 앉아 있는 코알라 사진을 흔히 볼 수 있다. 인부들이 코알라를 다른 서식지로 보내고 숲을 밀어버렸는데 자기 집을 잊지 못한 코알라가 찾아와서는 폐허 위에 망연자실 앉아 있는 사진이다. 깔끔하게 필름이 끊어졌는데도 깨어나서 보면 내 방 침대였던 기억, 있으신가? 그렇다면 우리는 전생에 오스트레일리아 남동부 숲을 천천히 어슬렁거렸는지도 모른다. 와, 저 코알라, 너무 귀여워. 그렇게 말하며 우리는 우리 자신의 뒤통수를 쓰다듬고 있는 것인지도.

<u>용례</u>   어쩌면 '헛개차' 광고에는 또 다른 말놀이가 숨어 있을지도 모른다. 코알라로 변신했다가 금세 김준현으로 돌아왔으니 둘 중 하나는 '허깨비'라는 암시. 나아가 그렇게 마시다간 '개차반'이 될 수 있다는 경고. 그러고 보니 "마셔야 사람 된다"라는 김준현의 외침에는 필사적인 무엇이 있었던 듯도 하다. 그 혀 차는 '똑' 소리와 함께.

라면 먹을래요? [라면: 머글래요]

겉뜻   간단한 요기나 하자는 제안

속뜻   자고 가라는 제안

주석   바래다준 남자에게 여자가 묻는다. "라면, 먹을래요?"
소파에 나란히 앉아 물이 끓기를 기다리는 동안 여자가 다시
묻는다. "재밌는 얘기 좀 해봐요." "라면에 소주 먹으면 맛있
는데. 나 재밌는 얘기 몰라요. 원래 썰렁해요." 그러자 여자가
대답한다. "재밌다." 그러고는 라면을 끓이러 주방 앞으로 가
서는 남자에게 자고 가라는 엉뚱한 제안을 한다.

　늦은 밤이니 "차 한 잔 하고 가요" 대신에 요기나 하자고 제
안했을 테고, 간단한 식사로 라면만 한 게 없었을 테고, 물이
끓는 짧은 시간의 어색함을 감추려고 재밌는 얘기 해보라고
했을 테지. 그런데 거기 담긴 얘기가 제법이다. 재밌는 얘기
하라고 했더니 남자는 소주를 먹자고 한다. 이것은 카드 게
임과도 같다. 여자가 라면으로 베팅했더니 남자가 라면 받고
소주 더, 하고 판을 키운다. 재미없죠? 이번에는 여자가 받는

다. 콜.(=재밌어요.) 그러더니 최후의 베팅을 한다. "자고 갈래요?" 어색했는지 여자는 생라면을 우걱우걱 먹는다.

그런데 왜 하필 라면일까? 첫째로 이것은 당연히 빠른 진도와 관련이 있다. 라면은 물을 끓이고 익혀서 내오는 데 5분밖에 안 걸리는 인스턴트식품이다. 인스턴트instant에는 '즉석 요리용'이라는 뜻과 함께 '긴급한/절박한'urgent 혹은 '즉시의/즉각의'immediate라는 뜻이 있다. 둘은 지금 긴급하고 절박한 것이다. 여자가 생라면을 먹는 것도 그 때문이다. 3분이라고? 그걸 언제 기다려? 그냥 먹을래.

둘째로 이것은 그 생김새와도 관련이 있다. 라면의 면발은 꼬불꼬불하다. 면발을 튀길 때 더 많은 기름을 흡수하기 위해서이기도 하고, 끓일 때 겉과 속이 익는 시간에 차이를 두어 쫄깃쫄깃하게 씹히는 맛을 위해서이기도 하지만, 조그마한 봉지에 수십 미터나 되는 면발을 넣기 위해서이기도 하다. 라면에는 조그만 직사각형 속에 끊어지지 않는 면발이 파마한 여자 머리칼처럼 촘촘히 들어 있다. 어떤가? 넓은 직사각형 속에 연결된 스프링들이 파마한 여자 거인족 머리칼처럼 촘촘히 들어 있는 침대가 연상되지 않는가? 라면은 처음부터 흔들리지 않는 편안함, 수면과학, 침대는 가구가 아닙니다……와 같은 말로 수식될 물건이었던 것이다. 저 촘촘한 스프링들이 어깨를 걸고 떠받치는 편안함이 이 집에, 당신과 나 사이에 있을 것이라는 전언이었던 것.

용례　　이 모든 게 영화 〈봄날은 간다〉의 한 장면에 들어 있다. 안타깝게도 이 영화는 상우(유지태 분)가 은수(이영애 분)에게 건네는 안타까운 질문, "어떻게 사랑이 변하니?"로 더 유명하다. 내가 보기에, 둘 사이에서 봄날이 간 이유는 다른 데 있다. 은수가 끓인 라면의 상표를 잘 보라. "사나이 울리는……" 바로 그 신라면이다.

루저 [루ː저]

겉뜻   패배자

속뜻   키 180센티미터 이하인 남성

주석   2009년 〈미녀들의 수다〉라는 프로에서 한 여성이 "180 이하는 루저"라는 취지의 발언을 했다. 온 나라가 난리가 났다. 그 발언이 '비교 토크 극과 극'이라는 코너(제작 의도가 거기에 다 드러나 있다)에서, 일부러 극적으로 유도한 발언이라는 게 밝혀졌음에도 불구하고 분노는 그치지 않았다. 제작진의 사과 및 사퇴에 이어 급기야는 해당 발언이 "남성의 명예를 훼손"했다며 손해배상을 청구하는 사태까지 벌어졌다.

   발언 당사자는 대본에 있는 발언이라고 주장했고, 제작진은 발언 당사자의 말을 대본에 표현한 것이라고 했다. 출연자의 인권을 위해 제작진이 책임을 지는 것이 옳다는 식의 방송윤리는 이 땅에 없었다. 어쨌든 문제의 발언이 비판받을 만하다는 데에는 모두가 의견을 같이했다. "180 이하"라는 기준은 (개인별로 선택지가 다를 수 있는) '취향'이 아니라 (누구에게나

외적으로 부과되는) '조건'이다. 그건 "재산이 10억은 있어야" "자기 집은 있어야" "연봉 1억은 돼야"와 똑같은 기준이다. 설혹 발언자가 그런 조건을 만남의 선결 과제로 생각한다면, 조건에 안 맞는 사람을 안 만나면 그만이다. 상대를 루저라고 도장 찍을 필요는 없다. 그 발언은 경솔하고 무책임한 것이었으나, 그렇다고 해서 그녀에 대한 온갖 인신공격성 발언이 정당화될 수는 없다.

그런데 더 크게 책임져야 할 사람들은 따로 있다. 먼저 제작진. 처음부터 이 토크의 주제어는 '나는 키 작은 남자와 사귈 수 있다'였다. 출연자가 취할 수 있는 입장은 '있다' 아니면 '없다'이므로 저 문제의 발언은 제작진의 요구를 '오버'해서 수용한 거라고 해야 한다. 제작진은 일종의 초자아다. 모든 발언자를 이쪽 아니면 저쪽에 세워두고 그 입장을 옹호/반박하게 만들기 때문이다. 출연자는 극단적으로 말해서 스피커에 지나지 않는다. 저런 한심한 주제가 입장을 정하는 기준이 될 거라는 생각이 문제다.

분노한 남자들에게도 문제는 있다. 2014년 한국인 남성의 평균 신장은 173.3센티미터다. 평균적인 한국 남성이라면 7센티미터나 작다는 얘기다. 게다가 키는 정규분포곡선(가운데가 볼록하게 솟은 종 모양)을 하고 있으므로, 180 이상 남성의 숫자는 더욱 줄어든다. 평균에 미치건 못 미치건, 180이라는 기준에 따르면 대다수의 남성이 루저 그룹에 속하게 된다. 심하게 반발했던 남자들의 심리를 한마디로 요약하면 이런 것이다. 네까짓 게 뭔데 날 평가해? 발언자의 신상을 털고, 고등학생 때 졸업 앨범을 털고, 게시판을 도배하고, 고소하고…… 했던 극렬한 반응들의 저 아래에는 평가만 해오던 자들이 평가 대상에게 평가받았을 때 느끼는 당혹감과 불편함이 있다. 오, 각선미 죽이는데? 가슴이 좀 작군. 입술이 섹시해. 남자들은 늘 이렇게 여성들을 대상화해왔다. 그런데 그 각선미 죽이는 아가씨가 고개를 돌려 말을 걸었던 거다. 넌 루저라고. 그 말 한마디가 쇼윈도의 이쪽과 저쪽을, 보는 자와 보이는 물건의 자리를 맞바꾸었던 셈이다.

<u>용례</u> ① 루저라는 용어가 부당하다면 당연히 '꿀벅지'라는 용어도 부당하다. 해당 편을 참조하라. ② 당연히 '키 작은 남자=루저'를 패러디한 수많은 작품이 쏟아졌다. 헐리웃 미남 배우 톰 크루즈도 패러디를 피해 가지 못했다. 그는 톰 크루저가 되었으며, 〈라스트 사무루저〉의 일원이 되어 말 타고 칼 차고 홍대 인문관으로 쳐들어간다. ③ 만화 〈원피스〉에서 대해적 시대를 연 골드 로저는 골드 루저가 된다. "그가 죽음을

앞두고 남긴 한마디는 전 세계 사람들을 바다로 향하게 만들었다." 그의 발언은 이렇다. "나의 깔창? 원한다면 주도록 하지. 잘 찾아봐. 이 세상 모든 깔창을 거기에 두고 왔으니까."

④ 패러디물의 으뜸은 "서해교전 발발 원인"이라 적힌 사진 한 장이다. 그 사진에는 김정일 국방위원장이 해당 발언을 하고 있는 TV 방송을 시청하고 있다.

먹방 [먹빵]

겉뜻　　먹는 방송

속뜻　　먹먹한 방송

주석　　요즘은 단연 '먹방'(먹는 모습을 보여주는 방송)과 '쿡방'
(요리하는 것을 보여주는 방송)을 결합한 방송이 인기다. 이렇다
보니 〈테이스티 로드〉〈수요미식회〉〈맛있는 녀석들〉〈냉장
고를 부탁해〉〈집밥 백선생〉〈한식대첩〉〈삼시세끼〉〈올리브
쇼〉〈식객남녀 잘 먹었습니다〉〈오늘 뭐 먹지?〉〈내 친구와
식사를 합시다〉〈셰프끼리〉〈마스터 셰프 코리아〉〈노 오븐
디저트〉…… 먹방이 한도 끝도 없이 쏟아진다.

　먹방의 인기 요인에 관해서는 여러 분석이 있어왔다. 1인
가구의 증가, 웰빙으로 대표되는 소비 트렌드의 변화, '집밥'
에 대한 그리움, 전문 셰프들의 등장, 여성 경제활동 인구의
증가로 인한 간편식 선호 등. 그 가운데서도 가장 큰 원인으
로 꼽히는 것이 이른바 '먹고사니즘'이다. 지속되는 불황, 가
계 부채의 증가로 인한 소비 위축, 비정규직 급증으로 대표되

는 취업난, 불가능해진 신분 상승의 꿈. 한마디로 3포나 5포 혹은 7포로 늘어가는 세대의 절망이 반영된 것이 먹방의 유행이라는 것이다.

그러고 보니 신분 상승이 가능할 때만 해도 막장 드라마가 유행이었다. 무수한 우연으로 점철된 복잡한 관계의 중심에는 항상 재벌가 남자와 서민층 여자의 비현실적인 사랑이 있었다. 현실에서는 있음 직하지 않지만, 그래도 그건 현실의 반영이었다. 신도시 개발 바람을 타고 벼락부자가 되거나, 과외 한 번 안 하고 "교과서 중심으로 예습 복습만 철저히 해서" 판검사가 되는 경우가 아주 드물게 있었다. 지금은 그런 드문 경우마저 없다. 용이 날 만한 개천은 모두 복개되었다. 그래서 먹방이 유행인 걸까. 저렇게 요리해 먹을 기회마저 아주 드문 현실의 반영이 된, 그래서 입 대신에 눈으로라도 호강해 보자는 절망적인 세월의 표현인 걸까.

용례　① 외국에서도 한국의 먹방은 "Mok-Bang"이라고 소개한다. 목이 메고 가슴이 먹먹한 방송이라는 뜻이겠다. ② 지극히 주관적인 선호겠지만, 최고의 먹방은 〈삼시세끼 어촌편〉이 아닐까 싶다. 텃밭에서 채소를 얻고 낚시로 고기를 구해 와서 땔나무로 밥을 지어 먹기. 셰프는 없지만 동거인이

'차줌마'라면 사철 맛있는 식사를 차려줄 테니. 돈 없이 호강할 수 있는 먹방이라면 단연 이 프로그램이다. 이제 요리 잘하는 톱스타만 구하면 된다. 설거지 잘하는 아이돌도 있으면 금상첨화고.

모태 솔로 [모테:쏠로]

곁뜻   평생 동안 한 번도 애인을 사귀어보지 못한 사람

속뜻   날 때부터 거룩하게 구별된 사람

주석   어머니가 신앙을 가져서 태중胎中에서부터 종교를 받아들인 이를 '모태 신앙'이라 하고, 여기에 빗대어 태중에서부터 혼자인 사람을 '모태 솔로'라고 한다. 그런데 이 말은 이상하다. 쌍둥이가 아닌 한 우리 모두는 엄마 배 속에서 내내 혼자였다. 우리나라에서는 시험관아기의 증가로 쌍둥이의 출생 비율이 2000년에 1.68퍼센트에서 2005년에 2.17퍼센트로 증가했다고 한다. 그러니까 2000년에는 98.32퍼센트에서 2005년에는 97.83퍼센트의 비율로 모태 솔로의 비율이 감소한 셈이다. 불행 중 다행이라고 보아야 할까? 아니면 다 같이 슬프니까 그걸로 위안을 삼아야 할까?

모태母胎라는 말에는 더 큰 비밀이 숨어 있다. 모태라는 말의 반대는 부태父胎일 텐데, 이런 말은 없다. 아버지에겐 자궁이 없으니 당연하다고 하겠지만 옛날 사람들의 생각은 달랐

다. 그들은 자궁이 그릇에 불과할 뿐이며 자식은 오직 아버지의 힘으로 생겨난다고 믿었다. 신화에는 이런 상상을 구현한 이야기가 가끔 있다. 그리스신화에서 대장장이신 헤파이스토스는 아테나에게 달려들었다가 그녀가 피하는 바람에 그녀의 다리에 정액을 흘렸다. 아테나는 양털로 정액을 닦아서 버렸는데, 여기서 에리크토니오스('양털-대지'라는 뜻)가 태어난다. 훗날 아테네의 왕이 되는 인물이다. 인도 신화에서도 바루나와 미트라가 요정 우르바시의 미모에 반해서 정액을 흘렸는데, 이를 모아둔 항아리에서 성자 아가스티야가 태어난다. 남자는 씨를 뿌리는 자요 여자는 그 씨가 싹터서 자라는 밭이라는 생각이 이 이야기들에 들어 있다. 저 징그러운 비유는 여전히 모든 바람둥이의 본성을 설명하는 완강한 틀로 남아 있다.

실제로는 어머니의 힘이 훨씬 더 강하다. 정자에는 턱없이 적은 유전정보가 들어 있을 뿐 태아가 수정하는 데 필요한 대부분의 자원은 난자에서 온다. 예를 들어 세포내 발전소라 불리는 미토콘드리아는 100퍼센트 어머니에게서만 유전된다. 남자는 XY, 여자는 XX염색체를 갖고 있다. 그러니 실제로 남자 속에는 남성 하나와 여성 하나가, 여자 속에는 여성 둘이 들어 있는 셈이다. 사실 우리는 태어날 때 모두 여자로 태어난다. 남자 아기의 경우 8주가 지난 뒤에야 Y염색체가 테스토스테론을 분비하라는 신호를 보내서 남성으로의 변신이 일어난다. 지구에 도착한 두 달 동안 우리 모두는 여성이었던 셈이다.

이것이 모태 솔로의 비밀이다. 아버지가 아니라 어머니 혼자서, 외롭게, 우리를 낳았다는 것. 주몽을 낳은 유화부인이나 예수를 낳은 성모마리아가 증언하는 것도 이것이다. 낳은 이를 어머니라고 한다. 곧 어머니만이 우리를 낳는다. 우리는 동정녀의 자식이며, 따라서 모태 솔로다. 우리는 성스럽게 구별된 존재다.

용례   ① 우종현 시인이 '주홍글씨'를 '주홍글 씨氏'라고 재치 있게 바꿔 부른 적이 있다. 찬성이다. 영화 〈주홍글씨The Scarlett Letter〉의 표제는 여주인공 헤스터(데미 무어 분)에게 찍힌 낙인이 아니라 그녀가 혼자 낳은 아이의 이름이 아니었을까. ② 실제로 있었던 일이다. MT 간 자리에서 이야기를 하다가 내가 물었다. "이 중에서 교회 다니는 사람?" 한 학생이 손을 들고 말했다. "저요. 저 모태 솔로예요." 모태신앙을 잘못 말한 것이겠지만, 그때 그 학생은 성스러워 보였다. 잠깐이었지만 나는 성모를 알현했던 것이다.

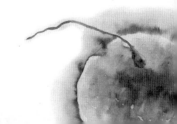

밀당 [밀땅:]

겉뜻   '밀고 당기기'의 준말

속뜻   '비밀 당원'의 준말

주석   연애를 잘하려면 밀고 당기기에 능통해야 한다고들 한다. 선수들의 가르침이다. 입질을 시작하면 살살 풀어주고 한동안 줄다리기를 벌이다가 상대가 달아나는 데 지치면 슬슬 당겨서 마침내 포획해야 한다는 거다. 이때의 '밀당'은 실은 낚시 용어다. 팽팽한 손맛에 연애의 긴장감을 빗댄 것은 그럴듯하지만 상대를 월척으로 대하는 일이 개운한 것만은 아니다. 상대를 '노는 물'에서 건져내어 옴짝달싹 못하게 만든 다음 회를 뜨거나 탕에 넣어야 하기 때문이다. 연애가 칼산지옥이나 화탕지옥도 아닌데 말이다.

밀당을 밀고 당기기로 보는 것은 사랑이 전쟁의 일종이라는 관점을 수락하는 일이기도 하다. 이때 상대는 전쟁의 당사자가 아니라 정복 가능한 땅으로 변한다. 상대의 마음을 점령하기 위해서는 때에 따라 진지전, 기동전, 포격전, 유격전,

백병전 따위를 벌여야 한다. 자기 자리를 지켜야 할 때가 있고, 마구 진입해 들어갈 때가 있으며, 먼 데서 쏘아댈 때가 있고, 치고 빠질 때가 있으며, 정면으로 대결할 때가 있다. 여기엔 정복자를 영웅시해왔던 모든 수컷의 역사가 아른거린다. 처음 가본 땅을 처녀지處女地라고, 첫 비행을 처녀비행이라고, 첫 작품을 처녀작이라 부르는 징그러운 관용어들의 역사가 여기에는 있다. 그러니까 밀당을 밀고 당기기로 간주하는 것은 남자들의 시선이다.

밀당은 중력의 일종이다. 실제로도 인력을 'attractive force'라고 부른다. '매력적attractive'이란 본래 '끌어당기는'이라는 뜻이다. 상대에게 매력을 느낀다는 것은 상대에게 끌린다는 것(=상대가 나를 끌어당긴다는 것)이다. 사랑은 만유인력이다. 사랑은 주체와 대상이 바뀌는 이상한 체험이다. 그는 나를 당기지 않았는데 나는 그에게 끌려들어간다. 밀당이 말하는 '밀어냄'이란 저 '당김'의 당기지 않음, 나는 당겨지는데 도무지 그는 무심한 그 이상한 경지를 말하는 게 아닐까? 정신없이 끌려가면서 나는 상대에게 묻는다. 왜 날 끌어당기니? 그는 대답한다. 아니, 난 그런 적 없는데?

그러니까 밀어냄이란 당김의 반대말이 아니다. 당기는 사람은 밀어내지 않는다. 당겨지는 사람만이 덜 당겨짐을 밀어

넴이라고 느낀다. 이 경지를 신묘 가운데 하나라고 하면 될
까. 사랑은 도무지 알 수 없는 경지 하나를 숨겨두고 있다. 밀
당은 이 불가지·불가해의 다른 이름이다. 나를 매혹하는 그
이는 밀당, 즉 비밀 당원이다.

① '비밀秘密'의 '밀'은 빽빽하다는 뜻이다. 내 시선을
차단하는 불투명함, 내 입장을 가로막는 촘촘함이 그에게는
있다. ②〈연애의 온도〉에서 이동희(이민기 분)와 장영(김민희
분)은 헤어진 뒤 자잘한 복수극을 주고받다가, 다시 만난 다
음에 오히려 시들해진다. 당기기만 하면 재미가 없어서? 튕
기는 맛이 없어서? 실은 비밀스러운 사내 커플이라는 신분이
폭로되었기 때문. 둘은 더 이상 비밀 당원이 아니게 되었기
때문.

밀어서 잠금해제 [미러서: 장금해:제]

겉뜻　　'밀당'의 노하우를 집약한 가르침

속뜻　　'열려라 참깨'의 21세기 버전

주석　　원래는 아이폰의 잠금 화면을 여는 안내문이었다. '열려면 미끄러뜨리시오Slide to unlock.' 말이 길어서 번역자가 꾀를 낸 모양이다. '밀어서 여시오'가 더 짧은 말이지만 'lock'의 어감이 딱딱하니까 '잠금'이라는 답답한 말을 고른 거겠지. '잠금'에는 "찰칵!" 하는 소리가 들어 있으니까.('ㅈㄱ'을 세게 발음하면 'ㅊㅋ'이 된다.) 이렇게 해서 'unlock'은 '잠금해제'가 되었다. 아이폰이 대중화된 후에, 누군가 화장실의 여닫이 문에 달린 미닫이 잠금장치 옆에 '밀어서 잠금해제'라는 글자를 적어 넣었다. 그 사진이 인터넷에 회자되자 밀어서 잠금해제 할 수 있는 모든 사진이 뒤이어 올라왔다. 이 사진들을 아이폰 바탕화면에 깔면 앞의 말과 '밀어서 잠금해제'라는 뒤의 말이 깔끔하게 이어져 문장이 완성된다. 이 진화 과정을 되짚어보자.

처음에는 말놀이 차원의 사진들이 대세를 이루었다. 물놀이 사진에 붙인 "오늘은 간만에 목욕탕에 가서 때를" 밀어서 잠금해제, 혼자서 머리를 깎는 원빈 포스터에 붙인 "미용실 안 가고 머리를" 밀어서 잠금해제, 모나리자 사진에 붙인 "잠든 사이에 친구가 장난으로 내 눈썹을" 밀어서 잠금해제, 차두리 사진에 붙인 "간 때문이라면 머리를 빡빡" 밀어서 잠금해제 따위가 그것이다. 창의력 공부에 도움이 되는 유아용 바탕화면이다.

정치 풍자 분야도 빼놓을 수 없다. "배에 올라 사대강을 흐뭇하게 내려다보는 그분을" 밀어서 잠금해제, "야 이 반란군 놈의 새끼야, 니들 거기 꼼짝 말고 있어! 내 지금 전차를 몰고 가서 네놈들의 머리통을" 밀어서 잠금해제 등이 그런 예다. 밀어주고 싶은 인물을 확실히 밀어주겠다는(?) 역발상이 두드러지는 작품들이다.

연애담에 포함된 사진들은 아픈 가슴을 유머로 달래고자 한다. "목숨과도 같았던 그녀를 잊기 위해" 밀어서 잠금해제, "술에 취해 비틀거리는 너" 밀어서 잠금해제, "친구야, 걱정 마. 내가 뒤에서" 밀어서 잠금해제 같은 문장들이 그렇다. 본래 연애는 '밀당'이 기본이다. 당기기만 하지 말 것, 그이를 밀어내서 딸려 오게 만들 것, 이 가르침을 과도하게 실천하면

저 사진들처럼 벼랑 위에 서게 된다.

가장 감동적인 사진은 'unlock'의 원래 의미를 그대로 구현한 사진이 아닐까 싶다. 국제사면위원회Amnesty International에서 제작한 공익광고 얘기다. 앰네스티는 국가권력에 의해 투옥·구금되어 있는 정치범들을 구제하기 위해 결성된 조직이다. 손을 묶은 쇠사슬과 몸을 가둔 철문에 채워진 자물쇠에 저 문구가 있다. "밀어서 잠금해제." 우리가 SMS에 서명하는 것만으로도 저들을 구할 수 있다는 안내문이다. 얼른 밀어줘야겠다. 내 폰은 아이폰이 아니지만.

용례　　'밀어서 잠금해제'는 '열려라 참깨'의 새 버전이다. 이 명령문에 제일 가까운 것은 〈개그콘서트〉의 '발레리NO' 사진이다. 남자 발레리노들이 바 뒤에 옹기종기 모여 있는 그 사진 말이다. 그 바를 밀어서 잠금해제하고 나면, 발레리노들의 민망한 부위가 노출될 것이다. 동대문, 남대문, 서대문이 다 열릴 것이다.

반반무마니 [반반무마:니]

겉뜻   치맥을 부르는 주문注文

속뜻   삶에의 행복을 기원하는 주문呪文

주석   야식계의 대표는 단연 '치킨+맥주'일 것이다. 칼로리 폭탄이어서 치맥 세 달이면 몸무게 앞 단위 숫자가 바뀌는 부작용이 있으나, 밤은 길고 전단지는 손안에 있으니 오늘밤의 유혹을 이기기는 쉽지 않다. 이들이라면 누구나 아는 주문이 '반반무마니'다. "프라이드 반, 양념 반, 무는 많이 주세요." 얼핏 들으면 불교의 진언인 '옴마니반메훔' 같기도 하다. 옴마니반메훔은 관세음보살의 자비를 나타내는 주문으로 '축복' '인내' '계율' '지혜' '관용' '근면'의 여섯 글자로 이루어져 있다. 이 주문을 외우면 보살의 자비에 의해 번뇌와 죄악이 소멸되고 온갖 지혜와 공덕을 갖추게 된다고 한다. 반반무마니의 위력도 그에 못지않을 것이다. 반. 고소하고 씹는 식감이 탁월한 프라이드치킨. 반. 미뢰를 자극하는 온갖 종류의 소스로 덮인 양념치킨. 무. 통닭의 느끼함을 잡아주는 단무지의 시원함과 달콤함. 마. 그 모든 것들의 풍성함. 니. 어머니 손맛을 떠올리게 하는 주문의 종결어. 모든 삶에의 양자택일에 지친 자들이여, 반반무마니를 외워보라. 짬짜면이나 탕볶밥을 접할 때와는 다른 행복을 느낄 것이다.

용례 　치맥의 강력한 경쟁자가 '소삼'(소주+삼겹살)이다. 안도현 시인의 「퇴근길」을 소개하는 것으로 설명을 대신한다. "삼겹살에 소주 한잔 없다면 / 아, 이것마저 없다면."

방금 출발했어요 [방금 출바랟써요:]

겉뜻　늦은 출발을 질책하는 당신에게 하는 변명

속뜻　당신의 출발에 대한 격려

주석　한 시간째 소식 없는 중국집이다. 배 속에서 나는 꼬르륵 소리가 성조가 붙은 중국어 같다. 위장과 십이지장과 소장이 민란 일보 직전이다. 참다못한 당신이 다시 전화해도 중국집은 요지부동이다. 그 이름처럼 만리장성이다. 그래도 중국집은 당신에게 복음 하나를 선포해준다. "방금 출발했어요." 그것은 조만간 현관 벨이 울릴 거라는 암시. 사실은 30분 전에 전화했어도, 30분 후에 전화해도 똑같이 들었을 말.

　인디언의 기우제는 반드시 효과를 발휘했다고 한다. 이문재 시인의 전언에 의하면, 그것은 비가 올 때까지 기우제를 지냈기 때문. 당신이 올 때까지 기다리면 마침내 배달원이 온다. 일하는 젊은이는 누구나 비슷하다. 소음기 뗀 오토바이를 탔고 머리에는 노란 물을 들였고 한 손에 철가방을 들었다. 귀에는 이어폰, 허리엔 전대, 거기에는 당신에게 제공할 쿠폰도 있다. 서른 그릇에 탕수육, 쉰 그릇에 팔보채. 탕수육을 바란다면 당신은 앞으로도 자장면 스물아홉 그릇을 더 먹어야 한다.

한 손에 배달통을 들었으므로 그는 다른 한 손으로만 오토바이를 몬다. 이게 관건이다. 클러치 없는 시티플러스는 그의 애마愛馬, 등자를 매단 초원의 전사처럼 그는 좌우로 능숙하게 오토바이를 몬다. 철가방은 방패처럼 차갑게 빛나고, 그 안에는 서비스 군만두도 들었다. 초원의 전사들이 안장에 걸어둔 말린 고기 같다. 천고마비天高馬肥란 본래 높고 푸른 하늘과 풍요로운 시절을 찬탄하는 말이 아니다. 그것은 장성 안쪽 사람들의 두려움이 배어 있는 말이다. 하늘은 높고 말은 살이 쪘으니 오랑캐가 쳐들어오겠구나.

바야흐로 가을이다. 지난여름의 무더위는 자취를 감추고 푸른 하늘 아래 싱싱한 오토바이들이 출몰할 시즌이다. 이런 날, 불친절한 중국집으로 주문을 넣어보는 건 어떤가. 장성 저편에서 군만두를 주렁주렁 단, 오랑캐 닮은 젊은이를 기다리는 건 어떤가. 방금 출발했어요. 이 말을 들을 때마다 당신은 출발선 앞에 선다. 어떤 짜릿함 앞에 선다. 이제 새로운 시작이다.

영화 〈올드보이〉에서 주인공 오대수(최민식 분)의 이름은 오늘만 대충 수습하며 산다는 뜻. 그런 그가 영문도 모른 채 15년을 갇혀 군만두만 먹으며 지낸다. 그는 얼마나 저 소리를 듣고 싶었을까? 그 지긋지긋한 감옥에서 원치 않는 서비스를 받으며 희망도 없이 살면서, 그는 방금 출발하기를 얼마나 바랐을까?

방법이 없네 [방뻐비 엄네:]

겉뜻   많이 팔아달라는 주문注文

속뜻   많이 팔겠다는 주문呪文

주석   사장이 직접 출연해서 자사 상품을 선전하는 광고들이 있다. 제품의 신뢰도를 높이려는 목적이라고 하는데, 그보다는 광고비를 절약하려는 의도가 더 커 보이는 B급 광고들이다. 크게 히트한 광고 중에는 "○○돌침대는 별이 다섯 개" 하는 광고도 있다. 좀 험하게 생긴 어른이 나와서 따지듯 말하는데, 예전 버스에서 험한 행상인들이 "여러분 앞에 서 있는 이 사람은 큰집에 오래 살다 와서 별이 주렁주렁~" 뭐 이런 추억의 장면이 떠올라 웃음 짓기도 했더랬다.

또 하나 인상적인 광고가 산수유 광고다. 촌스러운 사장님이 사무실에 앉아서 카메라를 의식하는 게 확연한 각도로 얼굴을 꼬고는 부산 사투리로 말한다. "산수유, 남자한테 참 좋은데, 남자한테 정말 좋은데, 어떻게 표현할 방법이 없네." 정력이라는 단어를 쓰고 싶은데, 꼭 쓰고는 싶은데, 검열에 걸

릴까 봐 걱정된다는 게 그 광고에 숨은 메시지다. 실은 소비자의 머릿속에 저 단어를 떠올리게 했으니 어떻게든 표현할 방법은 있었던 셈이다.

'정말, 엄청, 너무 ~하다'라는 말은 '차마, 이루, 도저히 ~못하다'라는 뜻으로 바꿔 말할 수 있다. 그러니까 '방법이 없다'라는 말은 '참 좋은데, 정말 좋은데'를 강조한 말이다. 저 광고, 실은 앞부분에서 할 말을 다 했던 거다. 산수유 한번 먹어봐, 먹어만 봐, 애들은 가, 요강을 부숴, 비얌도 창피해서 숨어. 그이에게 시간을 더 주었다면 이렇게 말들이 길게 이어졌을 것이다. 돌침대 광고가 버스 행상에 최적화되었다면 산수유 광고는 동네 마당을 휩쓸고 간 약장수용이라고 하면 될까?

그보다 내 주의를 끌었던 것은 발음이었다. "방법"이 아니라 "방뻡"이라고? 그렇다면 저건 방도方道를 뜻하는 방법이 아니라 방술方術(방사의 술법)을 뜻하는 방법이 아닌가? "깔고 안진 나이룩 방석 갓다 노라 안 갓다 노면 방법 한다 방법 하면 손발리 오그라진다 갓다 노면 안 한다." 예전에 디시인사이드 갤러리에 올라와 유명해진 글귀다. 손발을 오그라뜨리는 방법은 이렇다. 누가 도둑을 맞거나 하면 짚이나 대를 엮어 도둑의 형상을 만들어 태운다. 인형이 타면서 손발이 오그라들면 그자의 손발도 오그라든다는 거다. 그렇게 생각하니

사장님의 말씀이 좀 으스스해졌다. 이 산수유, 남자한테 참 좋은데, 남자한테 정말 좋은데, 어떻게든 팔아볼 방법이 없네. 사지 않으면 손발이 오그라들게 하고 싶은데, 그렇게 할 방법이 없네. 한여름에 이 광고를 들으면 조금은 서늘한 납량 특집이 되지 않을까?

용례　주문에는 축복 주문도 있지만 위협 주문도 있고 저주 주문도 있다. 위협 주문의 대표작으로는 「구지가」가 있다. 거북아, 머리를 내지 않으면 구워 먹겠다. 내가 거북이라면 무서워서 고개를 못 내밀었을 것 같은 그런 주문이다. 돌침대 광고의 시초다. 저주 주문은 드라마 〈장희빈〉에 나오는 단골 메뉴다. 하지만 그 인물을 누가 연기했든, 그이가 윤여정(1971)이든 이미숙(1981)이든 전인화(1988)든 정선경(1995)이든 아니면 김혜수(2002)든 실제로 인형을 태우진 않았을 것 같다. 물론 산수유는 부지런히 먹었겠지만. 아, 숙종은 참 좋았겠다. 정말 좋았겠다.

별 볼 일 없네 [별볼일 엄:네]

겉뜻   중요하지 않거나 매력적이지 않다

속뜻   사랑하는 이들을 다시는 볼 수 없다

주석   '별 볼 일 없다'를 '별로 볼 만하지 않다'로 읽는 데 반대다. 저 '별로'는 부정어와 함께 쓰여 '생각한 것보다 더 많이 ~하지 않다'라는 뜻을 만든다고 한다. 고작 부정하기 위해서 '별'과 '보다'가 동원된다는 말인가? 저 예쁜 두 개의 입술소리('ㅂ')와 든든하게 떠받치는 세 개의 설측음('ㄹ')과 저 귀여운 모음들('ㅕ+ㅗ+ㅣ')이 무시하고 부정하고 거절하기 위해 낭비된다는 말인가?

저 별은 우리가 아는 밤하늘의 그 별이어야 한다. 그리고 별들이 우리를 낳았다. 우주가 처음 탄생해서 38만 년까지는 가장 가벼운 원소인 수소와 헬륨만 있었다고 한다. 더 무거운 원소들이 생겨나기 위해서는 별의 탄생을 기다려야 했다. 별의 내부에서 일어나는 핵융합반응이 원자핵을 결합시켜 다른 원소들을 낳은 것이다. 별의 질량이 커짐에 따라서 탄소와 산소가, 네온과 나트륨과 마그네슘과 알루미늄이, 규소와 황과 철이 생성된다. 철보다 무거운 원소는 적색거성이나 초신성 폭발에서 만들어진다.

우리 생명체를 이루는 주요 원소는 산소, 수소, 탄소, 질소, 인, 황, 철 등이다. 수소를 제외하면 모두가 별에서 온 원소들이다. 따라서 우리 모두는 별의 자식이며, 이것은 비유가 아닌 엄연한 사실이다. 큰 별이 생명을 마감하면서 초신성 폭발이 일어나 우주 공간에 퍼지면 그 잔해에서 새로운 별이 태어난다. 우리 태양계도 그렇게 해서 생겨났다. 다른 별의 잔해가 없었다면 우리 몸을 이루는 원소들은 존재할 수 없었다. 세월호에서 돌아오지 못한 아이들도 그렇게 별이 되었을 것이다.

용례   ① 세월호의 세월은 '歲月'이 아니라 '世越'이라고 한다. 세상을 넘어가겠다니, 저 배는 어떻게 저런 잔인하고 어처구니없는 메타포를 달고 출항했을까? 그 배를 타고 아이들은 별로 돌아갔을 것이지만, 우리는 안다. 저 별은 세상을 떠난 곳에, 세상 너머에 있지 않다. 아이들이 바로 별이며, 그 별은 바로 우리 곁에 있다. 우리 모두가 별의 자식이기 때문이다. 우리는, 우리가 떠나보냈던 바로 그 아이들의 자식이다.

적어도 2014년 4월 16일 이후로 이 일상어는 새로운 뜻을 갖게 되었다. 별 볼 일 없다고? 저 아이들을, 저 빛나는 별들을 우리는 다시 볼 수 없지만, 우리는 안다. 저 아이들은 자본과 권력과 무력이 여전히 지배하는 이 보잘것없는 세계보다 훨씬 오래도록 빛나리라는 것을. 문명은 1만 년을 조금 넘었을 뿐이지만 태양은 그보다 50만 배나 오래되었으며, 문명은 잘못 다룬 원자력 하나에도 멸망할 테지만 태양은 앞으로도 수십억 년 동안 유지될 거라는 걸. ② 드라마 〈별에서 온 그대〉의 도민준(김수현 분)이 400년 전 지구에 도착하고서도 천송이(전지현 분)보다 연하남이었던 것은 이 때문이다. 저 아이들이 웅변하듯 '별그대'는 나이를 먹지 않는다.

불금 [불금:]

겉뜻   '불타는 금요일'의 준말

속뜻   '금요일은 불가함'의 준말

주석   이건 차마 주석을 붙일 수 없는 말이다. '불타는 금요일'로 아는 이들은 이미 놀러 나갔고, '금요일은 안 돼!'로 아는 이들은 이미 잠자리에 들었겠지.

용례   예전에는 이날이 토요일이었다. "토요일 오후, 그렇게 망설이지 말고 춤을 춰봐요 나와 함께."(김완선의 〈기분 좋은 날〉) "그대 나를 두고 떠나가지 말아 토요일은 밤이 좋아."(김종찬의 〈토요일은 밤이 좋아〉) 토요일이 반공일半空日(오전 근무만 하는 날)이었던 시절의 얘기다. 불금이 '不金'인 이들은 이럴지도 모른다. 토요일 휴무라고? 안 반갑다, 안 반가워.

붸 [?]

겉뜻	멈춰, 라고 소리 지르다
속뜻	모든 게 가능해, 라고 말하다

주석　모 가수의 안티 팬들이 만들어낸 용어다. "Break(브레이크)"라는 가사를 샤우팅 창법으로 부를 때 저렇게 들린단다. 전하여 '고음 불가'인 사람이 내는 고음, 무슨 소린지 알수 없는 발음, 그저 버럭 소리를 지르는 느낌이 '붸'이 되었다. 최근에는 "온뇨쇼~"로 시작하는 말이 유행이어서 무슨 말인가 찾아보았더니 모 운동선수가 냈던 "안녕하세요~"라는 발음을 축약한 것이었다. 둘 다 특정한 자연인이 낸 발음의 부정확함을 비꼬는 유행어다. 그런데 여기에는 그리 간단치 않은 맥락이 숨어 있다.

　　우리 각자가 내는 발음은 서로 다 다르다. 우리가 서로 다른 말을 알아들을 수 있는 것은 우리에게 그것을 특정한 관념으로 환원할 수 있는 능력이 있기 때문이다. 그러니까 실은 '브레이크'와 '안녕하세요'가 먼저 있는 게 아니라(이것은 저 말을 발음하고자 하는 사람의 머릿속에만 있다) "봷"과 "온뇨쇼"가 먼저 있는 것이다. 그러니 그이들의 발음의 부정확함을 탓할 게 아니라 그 말들에서 '브레이크'와 '안녕하세요'를 읽어낼 수 있는 우리들의 가청 능력을 칭찬할 일이다.

한 가지 칭찬할 게 더 있다. 저 말들을 표기할 수 있는 한글의 위력 말이다. 한글은 전 세계에서 발음되는 거의 모든 소리를 표기할 수 있는 것으로 알려져 있다. 물론 국제음성기호에 미칠 수는 없으나 그것은 인위적으로 고안된 체계에 불과하다. 실제 언어 사용자들에 의해서 쓰임을 받는 표기법으로는 한글이 유일할 것이다. 물론 한글이 이렇게 쓰이기 위해서는 기표가 추가되고 금지 규칙이 철폐되어야 한다.(국제음성기호 역시 그런 확장형의 도움을 받았다.) '봷'은 바로 그런 금지와 허용의 경계에 있다. 이 말은 현행 맞춤법 표기법에 따른 우리말 조음의 허용 범위 내에 있으나(그래서 표기할 수 있다), 실제로 쓰이는 말이 아니라는 점에서(이 말은 의미를 품고 있지 않다) 금지의 영역에도 들어간다. 우리말에 모든 규칙을 허하라. 그럴 수 없다고? 봷!

^{용례} 문서에 문자 인코딩이 제대로 지정되지 않으면 이상한 언어들이 뜬다. '꿇☒뺳긂⊖堶鷚樓 ¢ 鷄鑫稅' 같은 말들이

다. 이런 말들을 인터넷 용어로 '붹어' 혹은 '자연어'라고 부른다. 그러니까 붹어는 추상화된 음운과 개인 발화, 의미와 무의미, 유용한 기호와 확장된 기호 사이에서 그 영역을 확장해가는 언어인 셈이다.

세종대왕 훈민정음
한글 우리말 우리글

빨간 휴지 줄까, 파란 휴지 줄까? [빨간 휴지 줄까: 파란 휴지 줄까:]

겉뜻 귀신이 자신의 도래를 알리는 선언

속뜻 아직도 빨갱이 타령이나 하느냐는 충고

주석 지금은 양변기가 일반화되어서 시대착오적인 존재가 되었지만, 예전 재래식 변소에는 화장실 귀신이 살았다. 쪼그리고 앉아 있는 사람 머리 위에 긴 생머리를 늘어뜨리거나 볼일 보는 구멍 아래서 앙상한 손을 내밀며 이런 질문을 했다. 빨간 휴지를 줄까, 아니면 파란 휴지를 줄까? 신문지 구겨서 쓰던 시절에 휴지를 내밀다니 꽤나 고마운 귀신이었던 셈인데, 그것도 컬러 휴지를 주다니 패션 감각까지 갖춘 귀신이었다. 그런데 귀신의 질문에는, 당연히 한 서린 사연이 있다.

어린 시절 운동회를 치른 기억, 다들 있을 것이다. 청군 이겨라. 백군 이겨라. 이 세상에 청군 없으면 무슨 재미로, 해가 떠도 청군, 달이 떠도 청군, 청군이 최고야. 아니야, 아니야, 백군이 최고야. 내 낭군도 우리 임금도 아닌데 해가 떠도 달이 떠도 우리는 청군 아니면 백군을 찾았다. 그런데 본래 두

팀은 홍군과 백군이었다. 1455년에서 1485년까지, 30년 동안 왕권을 둘러싸고 벌어진 영국의 내전을 장미전쟁이라고 부른다. 내전을 벌인 당사자인 요크 가문의 하얀 장미와 랭커스터 가문의 빨간 장미 문장紋章에서 유래한 이름이다. 따라서 전쟁은 본래 청백전靑白戰이 아니라 홍백전紅白戰이었다. 그게 일본을 거쳐 우리나라로 건너오면서 붉은색이 빨갱이 색깔이라 하여 푸른색으로 바뀌었다. 일본도 영국도 홍백전을 치른다. 그런데 우리나라에선 홍군에 속하면 무조건 진다. 빨갱이는 박멸의 대상이지 운동의 대상이 아니었기 때문이다.

어린 시절의 청기백기 게임을 기억하시는지? 청기 올려. 백기 올리지 마. 청기 내려. 백기 올려. 뭐 이런 식으로 '해라'와 '하지 마라'라는 두 가지 명령어로만 이루어진 게임 말이다. 그 게임에서도 우리는 홍기를 무조건적인 억압의 대상으로 삼았다. 그 깃발은 올려도 내려도 안 되고 올리지 않거나 내리지 않아도 안 되는 깃발, 그냥 불태워 없애야 하는 깃발이었다. 아, 우리는 색맹도 아니면서 붉은색을 푸른색이라고 불러왔던 거다.

그나마 새로운 세기가 되면서 붉은 악마와 홍삼 광고 모델인 최불암 덕택에 레드 콤플렉스가 조금은 해소된 것처럼 보였더랬다. '요즘은 자꾸 빨간 게 좋아'서, 2016년 현재 여당마저도 빨간 옷을 입고 다닌다. 하지만 여전히 어떤 색맹들께서는 자기 마음에 들지 않으면 이렇게 말한다. 종북, 종북, 종북. 정신의 딸꾹질이 따로 있는 게 아니다. 시대착오적인 귀신이 시대착오적인 우리에게 휴지를 건네며 묻는 질문의 요지는 이것이다. 너희는 아직도 홍백전을 청백전으로 바꿔서 노니? 너희는 여전히 니 맘에 들지 않는 애들한테 빨간 칠을 하니? 언제까지 그럴 거니?

용례　키에슬로프스키 감독의 〈세 가지 색Trois Couleurs〉 시리즈는 프랑스 국기의 색깔이 상징하는 '자유' '평등' '박애'를 주제로 한 것이다. 어떤 바보들은 그 감독도 빨갱이였다고 할 테지만, 나는 그 시리즈에서처럼 홍군이 청군, 백군과도 사이 좋게 지냈으면 좋겠다.

빵꾸똥꾸 [빵꾸똥꾸]

겉뜻   알 수 없음

속뜻   양생법에서 인간론에 이르는 여러 학설을 집약한 말

주석   이 경이롭도록 창조적인 욕설이 어떻게 출현했는지는 정확히 알 수 없다. 〈지붕 뚫고 하이킥〉의 해리(진지희 분)가 수시로 내뱉는 이 욕설 앞에서는 누구든 백기를 든다.(딱 한 사람만 빼고.) 이 네 글자, 탱크 두 대를 나란히 붙여놓은 것 같다. 모든 말을 깔아뭉개는 위엄이 있다. 근접전에서 천하무적이다. 'Pank Tonk Tank'로 맞춘 운이다. 빵크 똥크. 북치기 박치기다.

이 말은 어디서 나왔을까? 가능한 어원은 세 가지다. 첫째, '빵'과 '똥'에서 나왔다는 설. 빵이란 음식 일반을 뜻하는 말이요 똥이란 배설물이니, '빵꾸똥꾸'란 먹고 싸는 일 전반을 아우르는 명명이다. 저 말이 그토록 자주 (그리고 어떤 문맥에서나) 쓰인다는 것은 잘 먹고 잘 싸는 삶, 요컨대 양생법養生法을 실천하는 삶이 제일이라는 뜻이다. 이 빵꾸똥꾸야. 이 빵

하고 똥하고! 잘하지 못할까? 이렇게 본다면 이 말은 우리에게 전하는 축복이다.

둘째, '펑크punk'와 '똥꼬'에서 나왔다는 설. 펑크란 구멍이니, 빵꾸똥꾸란 입에서 항문까지 길게 이어진 구멍을 말하는 것이다. 우리는 몸이 뼈와 살로 이루어져 있다고 상상한다. 이것은 실체 위주의 사고다. 뼈는 단단한 실체요 살은 부드러운 실체라는 거다. 그런데 어떻게 보면 우리 몸은 입에서 항문까지, 눈코입귀에서 배꼽과 성기까지 죄다 구멍들로 이루어져 있다. 우리 몸은 그런 구멍들이 서로 통하게 되어 있는 길고 짧은 관管이다. 이것은 공空 위주의 사고다. 뼈와 살은 이 허공을 품기 위한 그릇에 지나지 않는다. 이 빵꾸똥꾸야. 이 입에서 항문까지 길게 이어진 구멍아. 이렇게 본다면 이 말은 안과 밖을 뒤집어 보여주는 심오한 사색의 산물이다.

셋째, '방귀'를 '똥꼬'와 운 맞춰 적었다는 설. 이 설을 따르면 이 말은 순망치한脣亡齒寒과 같이 서로 밀접한 관계를 다르게 부르거나 "방귀 잦으면 똥 된다"라는 속담을 변형한 것이다. 이렇게 본다면 이 말은 화장실 유머의 결정판이다.

그러니 이 말에 저항하기란 쉽지 않다. 해리의 공격에 모든 이가 속수무책으로 당했다. 단 한 사람, 자옥(김자옥 분)만 빼고. 해리가 "이 빵꾸똥꾸야!" 하고 공격하자 자옥은 이렇게 역공을 편다. "그럼 너는 빵꾸빵꾸똥꾸똥꾸야!" 저 말이 해리를 울려버린다. 그럴밖에. 탱크 두 대에 탱크 네 대로 반격했으니까. 밥과 똥을 2인분씩 제공했으니까. 두 배로 길고 넓은 구멍을 제시했으니까. 마지막으로 작은 똥에 큰 똥으로 대항했으니까. 해리는 늘 변비로 고생하지만 (이 시트콤의 가장 유명한 에피소드 가운데 하나가 보여주듯) 자옥의 똥은 변기 구멍을 막아버린다.

용례 〈지붕 뚫고 하이킥〉은 시트콤계의 최고 걸작이지만 수많은 이별과 죽음을 품은 최고의 비극이기도 했다. 특히 고통스러웠던 것은 결말이었다. 그때는 의아했지만 지금은 그럴 수밖에 없었다고 이해한다. 인물들은 그렇게 제 자신을 지움으로써 스스로 빵꾸똥꾸들이 되었던 것이다.

사랑하니까 헤어지자 [사랑하니까 헤어지자:]

겉뜻   이별을 통해 사랑을 증거함

속뜻   이별을 통해 사랑을 쟁취함

주석   연인에게 건넬 수 있는 최고의 '개드립'은 단연 이 말일 것이다. "사랑하니까, 우리 헤어져." 이 말보다 더한 말은 있을 수가 없다. 그땐 이미 헤어진 다음일 테니까. "사랑하는데 왜 헤어져?"라고 반문하는 건 어리석은 짓이다. "이게 다 널 사랑해서야"라는 동어반복밖에 들을 게 없을 것이다. 부모들 훈계하고 비슷하지 않은가? 이게 다 너 잘되라고 하는 말이야. 부모가 원하는 대로 하면 나는 좋지 않은데(=잘되지 않는데), 부모님은 왜 내가 잘되는 일이라고 우기는 걸까?

"너 잘되라고"는 일종의 명령문이다. '내가 명하는 대로 하면 너는 잘될 것이다'의 준말이다. '잘되다'의 주어가 사실은 자식이 아니라 부모인 것이다. 마찬가지로 "사랑하니까 헤어져"는 '내가 사랑하니까 우리 헤어져'의 준말인데, 이번에는 주어가 아니라 목적어가 빠져 있다. 저 말을 온전한 문장으로

136

적으면 이렇게 된다. '다른 사람을 사랑하니까 나는 너와는 헤어질 거야.' 목적어를 내세울 수 없으니 동어반복을 할밖에.

사랑하니까 헤어지자고 하는 연인은 게으른 남편을 닮았다. 여보, 리모컨 좀 갖다 줘. 여보, 재떨이 어딨지? 아빠는 왜자꾸 엄마만 시켜? 아이가 항의하면 아빠는 대답한다. 이게다 엄마를 사랑해서야. 이때의 '사랑해'는 어디든 갖다 붙일수 있는 가짜 만병통치약이다. 사랑해서 채찍질을 할 수도 있고 사랑해서 이상한 걸 먹일 수도 있으나, 그것은 어디까지나당사자들이 동의할 때에만 가능한 일이다. 엄마가 리모컨이나 재떨이를 챙기면서 과연 좋아했을까?

이별을 통보받은 연인이 그래도 수긍하지 않으면 이런 말이 이어진다. "나는 부족한 사람이야. 더 좋은 사람 만나." 자기와 상대를 저울에 올려놓고 쟀다는 얘기다. 그는 근수로 상대를 평가했다. "널 구속하고 싶지 않아. 욕심 부리지 않고 널놓아줄게." 그동안 상대를 우리에 가둬놓고 키웠다는 말이다.이제는 방목하겠다는 거다. 만에 하나, 다시 찾아올 수도 있다는 보험까지 들어두고. "널 오래 기억할게." 상대를 내 컬렉션에 추가하겠다는 뜻이다. 이렇게 해서 3차원의 사람이 2차원의 감옥에 갇힌다. 상대는 비교되고 추방되고 정리된다.

① 〈개그콘서트〉 '생활의 발견' 코너에서는 남녀가 식당에서, 영화관에서, 술집에서, 시시때때로 "우리 헤어져"를 반복한다. 그래도 이들은 다음 주가 되면, 아무 일 없었다는 듯이 다시 헤어진다. 이들더러 이별의 무한 루프에 빠졌다고 말할 필요는 없을 것 같다. 이들은 연인의 일상에 "우리 헤어져"가 외삽_{外揷}되었을 때 얼마나 큰 혼란이 오는가를 보여주고 있는 것에 불과하다. 목적어가 빠진 일상이란 그토록 어처구니가 없는 것이다. ② 전임 대통령이 BBK를 자신이 설립했다고 발언한 동영상을 두고 논란이 되었을 때, 대변인도 비슷한 말을 했다. "주어가 없다"라고. 강변하는 그이에게서 사랑하니까 헤어지자고 통보하는 연인의 모습이 얼핏 스쳐 지나갔다. 주지하다시피 그이의 말에는 목적어도 빠져 있었다.

삼삼한데? [삼사만데ː]

겉뜻   상대의 외모가 매력적이어서 끌린다는 고백

속뜻   자신이 궁지에 빠졌다는 고백

주석   페이스북을 하다 보면 날씬하고 예쁘고 식탐이 있는 미녀들의 사진이 친구 추천으로 자주 뜬다. 내 친구 중에는 없는데, 어째서 친구의 친구들은 하나같이 먹을 걸 밝히는데도 저렇게 날씬하고 예쁠까?

사전에서는 삼삼하다는 말이 '어떤 사람의 외모가 매력적이어서 마음에 끌리는 데가 있다' 혹은 '어떤 모습이나 풍경이 눈에 보이는 것처럼 잊히지 않고 또렷하다'로 되어 있다. 매혹은 시선과 관련되어 있는 특징이다. 그런데 사실 본다는 것은 보는 사람에게 속한 능력이 아니라 보이는 사람에게 속한 능력이다. 내가 능동적이고 적극적으로 대상을 보는 것이 아니라 대상이 내 시선을 갈취해 가는 것이다. 그이가 나를 끌고 간 게 아닌데도 나는 그이에게 끌린다. 누군가 그립다고 할 때 쓰는 말 '눈에 밟힌다'가 수동인 것도 이 때문이다. 내

눈이 그이를 떠올린 게 아니다. 그이가 내 눈을 밟고 지나가는 거다.

시선이 내 것이라면 결정권은 내게 있었으리라. 그랬다면 나는 보고 싶은 것을 보고, 보고 싶지 않은 것을 보지 않았으리라. 사정은 그렇지 않아서 나는 보고 싶은 것을 보는 것이 아니라 보라고 강요당하는 것을 본다. 나는 보아야 하는 것, 볼 수밖에 없는 것을 보고 싶다고 말하는 것이다. 당신이 보고 싶어서 두 눈이 빠질 뻔했다고 나는 말한다. 내가 뺀 건 아니지만 어쩌겠는가? 나는 내 두 눈을 당신에게 준다.

어쩌면 저 '삼삼'은 오목에서 온 말이 아니었을까? 오목은 바둑알 다섯을 일렬로 세우면 이기는 게임이다. 종횡으로 사선으로 바둑알들을 늘어놓아 공격하는데, 상대가 세 알을 나란히 두면 반드시 막아야 한다. 양쪽이 열린 네 알에는 대처할 수가 없기 때문이다. 그러니까 오목은 먼저 네 알을 나란히 두면 이기는 게임인 셈인데, 사실은 이기는 방법이 하나 더 있다. 오목에서는 너무 흔하게 나오는 진형이어서 세 알로 된 두 줄을 동시에 펼치는 일이 금지되어 있다. 이것을 삼삼(3×3)이라고 하며, 상대가 삼삼을 두게 만들면 이긴다. 외통수다.

그 사람이 삼삼하다고? 그 말을 꺼낸 당신은 지금 외통수에 걸렸다. 그 사람에 대한 매혹이 너무 커서 당신은 결코 빠져나올 수가 없다. 오늘도 페이스북에서는 날씬하고 예쁘고 음식 사진들 잔뜩 올려두는 미녀들 앞에서 '친구 수락 감사합니다'를 붙이는 수많은 친구들이 있다. 삼삼에 걸려 어쩔 수 없이 '좋아요'를 누르는 이들이 있다.

_{용례}　① 흰오목눈이라는 새가 있다. 하얗고 동그란 몸에 부리와 눈, 몸의 일부가 까만 아주 귀여운 새다. 전깃줄에 나란히 앉은 걸 본 적이 있는데 귀여운 바둑돌들 같았다. 그래서 흰오목눈이인 건가? 어서어서 검은오목눈이가 와야 한다고. 벌써 세 마리째라고! ② 〈생활의 발견〉에서 경수(김상경 분)는 명숙(예지원 분)과 선영(추상미 분)을 유혹하는 데 성공한다. 그런데 정말로 그는 성공한 것일까? 선영의 집 앞을 얼쩡거리다가 남편에게 들켜 "캔 유 스피크 잉글리시?"를 외치며 달아나는 그가? 거미줄에 걸려 파닥이는 건 그녀들이 아니라 바로 그였다.

세월아 네월아 [세워라 네워라:]

겉뜻　　무의미하게 시간을 흘려보냄

속뜻　　곧 좋은 시절이 당도함

주석　　게으른 이가 쓸데없이 시간을 보내는 걸 풍자하는 말놀이다. 비슷한 일상어로 '탱자탱자'가 있다. 번개처럼 지나는 세월에게, 네가 세월이니? 그다음엔 네월(四月)이 오겠구나. 이러고 노는 일이다. 그런데 3월 다음에 4월이 오는 거, 맞는 말인데? 그다음에는 5월이 올 텐데? 5월에는 거의 모든 기념일이 있다. 노동자, 어린이, 어버이, 유권자, 스승, 성년, 부부, 세계인의 날이 다 이 안에 들었다. 발명의 날, 바다의 날, 5·18민주항쟁의 날도 있다. 음력으로는 춘삼월 호시절이다. 세월아 네월아…… 어서 가서 5월을 맞도록 하자꾸나. 요즘 들어 더욱 절실한 주문이다.

용례　　이 많은 기념일 가운데 으뜸은 무엇일까? 시각에 따라 여러 답변이 있겠지만 아무래도 어린이날이 아닐까 싶다. 다른 모든 날의 주인은 완성형이지만 어린이는 가능성만으로 자신의 전 존재를 대표하는 이다. 노동자도, 어버이도, 유권자도, 스승도, 성년도, 부부도, 세계인도 될 수 있는 존재. 하지만 그 역逆은 있을 수 없는 존재. '될 수 있음'만으로 가득한 존재. 인체에 비유한다면 그러므로 5월 5일은 1년이라는 전체 몸 가운데 줄기세포 같은 날이다.

손만 잡고 잘게 [손만 잡꼬 잘께]

겉뜻   손을 잡는 것 외에는 어떤 행동도 하지 않겠다는 약속

속뜻   손도 잡겠다는 약속

주석   손을 잡는 것과 잠드는 것은 전혀 무관한 현상이다. 아니, 많은 사람들이 접촉성 수면장애라 부를 만한 증상을 갖고 산다. 마누라랑 닿을까 봐 옷 껴입고 잔다고 고백하는 가장들이라면 누구나 이 증상을 안다. 그러니 손을 잡고 자겠다는 말은 잠들지 않겠다는 말이나 매한가지다. 사실 손과 입이 차지하는 표면적은 우리 피부에서 얼마 되지 않지만, 그것이 담당하는 지각의 비율까지 작은 것은 결코 아니다.

캐나다의 신경학자 와일더 펜필드Wilder Penfield는 감각 지각을 담당하는 대뇌피질의 면적에 맞춰 인간의 신체 부위를 나타낸 모형을 발표했다.(와일더 펜필드의 '호문쿨루스'를 검색하면 해당 사진을 볼 수 있다.) 몸의 각 부분을 맡고 있는 뇌의 면적에 따라 몸의 비례를 표시한 모형인데, 두 손과 입술이 엄청나게 확대되어 있다. 이 모형은 손과 입술이 담당하는 감각

이 얼마나 큰지를 한눈에 보여준다. 입의 역할이 큰 것은 금세 이해가 된다. 먹을 수 있는 것과 먹을 수 없는 것을 가려내는 것은 생존과 직결되어 있으니까. 그렇다면 손은? 손 역시 우리 조상이 나무 위에서 생활하던 때부터 아주 중요했다. 나무에서 떨어진다는 건 바로 죽음을 의미했고 그래서 생존을 두 손에 맡겨야 했기 때문이다. 물에 빠진 사람이 지푸라기를 잡는 것과 나무에서 떨어지는 사람이 이파리라도 잡으려 드는 것은 같은 일이다. 둘 다 필사적이다.

그이에게 빠진 당신의 손이 그이를 잡으려 드는 것도 마찬가지로 필사적인 일이다. 행여나 그이를 놓칠까 봐, 당신은 지푸라기를 잡는 심정으로 말을 건다. 손만 잡고 잘게. 오빠 믿지? 필사의 진심이 전해지지 않으면 내일의 삶이란 다신 없다는 듯이. 그런데 사실 저 모형에 따르면 손만 잡겠다는 말은 내 감각의 대부분을 저 손이 잡고 있는 윤곽에 투자하겠다는 뜻이다. 그다음에는? 입술을 따라가면 되지.

물론 손만 잡고 자겠다는 '오빠'의 진심이 늘 오해의 대상인 것은 아니다. 오빠는 정말로 그런 마음을 품었을 수도 있다. 그녀에 대한 감각이 저 손을 타고 쓰나미처럼 밀려올 때, 그는 둑의 구멍에 손을 넣어서 조국을 구했다는 네덜란드 소년의 심정처럼 비장해졌을 것이다. 이 손을 포기하면 엄청난 재앙이 밀려오리라. 이 재앙을 견뎌내지 못한다면 조국도 사랑도 그녀도 전부 물 건너가리라. 잘못하면 짧은 흐느낌과 조그만 짐승으로 변신한 자기 자신만 남으리라. 실은 쓰나미가 바로 그 손을 통해서 건너오는 것인데도.

그렇게 오빠는 밤을 새워서 조국과 사랑과 그녀를 구원했을 수도 있다. 몸은 무척 피로해도 그의 마음은 알퐁스 도데의 「별」에 나오는 소년과 같았을 것이다. 그런데 그런 애국적인 실천의 끝에서, 그녀는 다시 그에게 묻는다. 오빠는 그때 내가 왜 화났는지 몰라? 알면 말해봐.

용례 모든 사랑의 서사는 '직전直前'에 관한 서사라는 점에서 "손만 잡고 잘게"에 대한 예시문이다. 춘향과 이도령도, 로미오와 줄리엣도 그렇다. 물론 이들이 손만 잡고 잔 것은 아니다.

식당 이모 [식땅 이모:]

겉뜻 식당에서 일하는 여성 노동자

속뜻 박애주의자

주석 세상에는 이모가 참 많다. 동네 밥집마다 식당 이모가 계신다. 청소할 때에는 청소 이모가 오고 이사할 때에도 그릇을 정리해주러 이모가 온다. 생각해보면 신기한 일이다. 식당 고모나 청소 고모는 다 어디 가신 걸까?

이 수수께끼를 풀기 위해서는 먼저 삼촌을 생각해보아야 한다. 삼촌은 다정하고도 무서운 존재다. 장자권 때문이다. 옛날에는 먼저 태어난 남자아이가 아버지의 권한을 독점했다. 문제는 세대를 거듭할수록 삼촌과의 격차가 벌어진다는 데 있다. 아버지는 이미 늙고 맏이는 아직 어린데 삼촌은 한창 나이다. 장자의 권한을 순순히 인정하면 그는 자애롭고 든든한 삼촌이 된다. 반면 '이미'와 '아직' 사이에서 그가 다른 마음을 먹는 순간 문제가 생긴다. 단종에서 햄릿까지 맏이들이 대면해야 했던 비극이 일어나는 것이다. 삼촌이 풍기는 음

147

험한 권력투쟁의 냄새, 이것이 식당 고모나 청소 고모가 없는 이유다. 고모는 아버지와 삼촌 편이지 어머니와 외삼촌 편이 아니다. 권력은 늘 남자의 전유물인데 고모는 처음부터 남자 편이었던 것이다. "때리는 시어머니보다 말리는 시누이가 더 밉다"라는 말이 그래서 나왔다. 시어머니는 자신의 친정을 잃고 시댁에 항복한 불쌍한 적군이지만 고모에게는 아군이 친정이다.

이모는 정반대다. 삼촌이 부계라면 이모는 모계다. 삼촌이 아버지나 장자와 권력 승계를 두고 다툰다면 이모는 어머니와 함께 소외된 이들의 연합을 이룬다. 어머니가 시어머니가 되면 이모는 소외된 이들에게서도 다시 한 번 소외된다. 이모에게는 어떤 권력도 주어지지 않으며, 다만 자애로운 어머니의 역할만이 주어진다. 그녀는 '그림자 어머니'가 된다. 우리가 식당에서 이것 좀 치워달라고, 주문 좀 받으라고, 계산서 가져오라고 이모를 부를 때마다, 우리는 칭얼대는 것이다. 엄마, 밥 줘. 엄마, 방 좀 치워줘.

용례   ① 게다가 그분은 누구도 차별하지 않는다. 그 큰 식당에서 이모 혼자서 박애주의, 사해동포주의를 실천하는 것이다. 그분들은 비폭력주의자이기도 하다. 우리는 간디를 존경

하지만 정작 우리가 밥 먹는 곳, 어질러놓은 곳마다 성자, 성녀가 있다는 사실은 모른다. ② 그런 분들을 분신하게 만드는 동네가 있다면 바로 거기가 지옥일 것이다. 우리 아파트 단지는 어떠했던가?

심쿵 [심쿵ː]

겉뜻 심장이 콩닥콩닥

속뜻 심장이 쿵 내려앉음

주석 '심장이 쿵쿵 울린다'로 푸는 것은 실은 잘못이다. 본래 심장은 쿵쿵 울리기 때문이다. '심장이 쿵하고 내려앉았다'라고 풀어야 본뜻에 맞는다. 하나밖에 없는 심장을 '집어 던지다' 혹은 너무 세게 요동을 쳐서 오른발 혹은 왼발 발바닥까지 '굴러떨어지다'로 써야 겨우 저 어감에 맞는다.

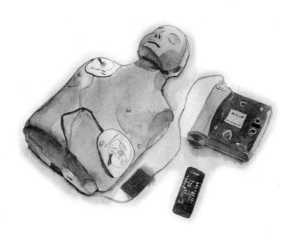

　　요즘은 아파트 현관에 제세동기를 설치한 곳이 많아졌다. 부정맥, 심실세동, 심실빈맥, 심방조동을 치료하기 위한 의료 기기다. 그만큼 심쿵한 일이 적어져서일까? 아니면 많아져서일까?

싫으면 시집가 [시르면 시집까:]

겉뜻   속뜻의 반대

속뜻   겉뜻의 반대

주석   이 표제의 뜻을 이상하게 풀 수밖에 없는 이유는 이 말이 매우 광범위한 문맥에서 쓰이기 때문이다. 동음이의어나 유음이의어를 타고 출현한 말놀이는 무척 많다. "일러라 일러라 일본 놈" "짜증 나면 짜장면, 우울하면 울면" "가만히 있으니 가마니로 보이나?" "너무해. 나는 배추 할게" "사랑해 너만을, 나는 양파를" "네가 정말 원한다면…… 나는 네모 할게" "전부터 묻고 싶은 게 있는데…… 삽 좀 줘" "더는 날 생각하지 마. 날개도 없는 게" "닥쳐 / 닭을 왜 쳐?" 적자면 한도 끝도 없을 것이다, VIP 카드처럼.

말놀이는 중독성이 강하지만 한번 들으면 잊히지 않기 때문에 재활용할 때는 그만큼 썰렁 유머가 되기도 쉽다. 이 중에서도 생명력이 강하기로는 저 말만 한 게 없다.(방금 소만 한……이라고 썼다 지웠다.) "싫어" 하고 소리치는 딸 앞에서 어머니는 지치지도 않고 저 말을 이어 붙인다. 모녀의 핏줄 속에 랩 본능이 숨은 것일까? 그런데 자주 쓰인다는 것은 그만큼 여러 문맥에서 활용된다는 뜻이기도 하다.

　표준 해석은 이렇다. 잔소리 듣기 싫으면 시집가서 좋아하는 사람 말 들으며 살아. 부모는 잔소리꾼, 남편은 아첨꾼이라는 얘기다. 그런데 이 말놀이는 좀 더 이어지기도 한다. 싫으면 시집가서 시아버지 구두 닦아. 시집가서 고생해봐. 친정이 얼마나 천국이었는지 깨달을 테니. 나도 네가 싫으니 싫으면 시집가버려. 이렇게 읽으면 이 꼴 저 꼴 안 보고 널 보내버리겠다는 선언이다. 여자에게 주어진 삶의 단계를 결혼으로 끝내겠다는 심보다. 싫으면 시집가서 행복해져. 이 말은 표준 해석과 같아 보이지만, 여자에게는 시집이 만사형통이라는 전제를 깔고 있다는 점에서 처음 해석과 천양지차다. 여자 삶의 궁극적 행복은 결혼에 있으며 그것만 잘 치르면 불행 끝 행복 시작이라는 순진무구 내지는 백치미의 소산이다. 싫으면 네 시집으로 돌아가. 이건 친정을 찾아온 딸에게 하는 이상한 잔소리다. 출가외인이라는 봉건적 관념에 꽉 막힌 어른의 소리다. 이런저런 꼴 보기 싫으면 시집이나 가. 앞에서의 보기 싫은 주체는 부모이지만 이번 주체는 딸이다. 묵은 장롱 내다 버리듯 딸을 치우겠다는 것이니, 딸은 미리부터 출가외인이다.

그러니 이 말을 한 가지로 정의할 수가 없다. 이 뜻인가 싶으면 저 뜻이다. 내가 한 축복이 듣는 딸에겐 저주일 수도 있으니 안 하느니만 못한 축복이다. 그런데 최근에는 새로운 뜻이 추가되었다. 혼자 살기도 벅차서 연애하기도 힘든 청춘이 늘고 있어서다. 이런 곤고한 삶 앞에 대고 "싫으면 시집가"라는 말은 (너라도 그 팍팍한 삶에서 탈출하라는) 축복일까? (갈 수 없는 걸 빤히 알면서 부아를 돋우는) 저주일까?

용례　이 말의 반대는 뭘까? 좋으면 뭘 하면 좋지? 운을 맞출 필요가 있다면 "좋으면 종 쳐"나 "좋으면 조심해" 같은 말이 되겠지만 그냥 단순한 반대도 가능할 것이다. "싫으면 시집가지 마." 이때의 시집은 '시월드'를 말한다. 설날과 추석, 민족 최고의 명절을 유격 훈련하듯 치러야 하는 며느리들에게 건네고 싶은 말이다.

17 대 1로······ [십칠때일로:]

겉뜻   전설의 싸움꾼이었다는 자랑

속뜻   겨우 철이 들었다는 고백

주석   누구에게나 왕년이란 있어서 술자리 어디서나 무용담이 차고 넘친다. 내가 말이야, 고 2 때 우리 학교를 평정했거든. 17 대 1로 싸웠는데 말이야, 공중으로 이단옆차기를 하면 추풍낙엽처럼 녀석들이 떨어졌지. 싸움꾼의 이야기는 월척을 놓친 낚시꾼의 이야기와 비슷하다. 손가락만 했던 고기가 점점 커져서 급기야 낚시꾼 자신과 키를 다투듯, 싸움 이야기에서는 상대의 수가 점점 늘어난다. 하나가 셋으로, 셋이 다섯으로, 다시 일곱으로······ 급기야 17 대 1로. 그런데 이상하다. 18 이상은 없다. 왜 그 숫자는 늘 17에서 멈추는 것일까?

17은 소수素數다. 1과 자기 자신으로만 나눠지는 수를 소수라고 부른다. 2, 3, 5, 7, 11, 13, 17······이 모두 소수다. 그건 하나만 알고 자기만 안다는 뜻, 남들과 공유할 무엇이 없다는 뜻이다. 이것은 매미의 생존 전략이기도 하다. 매미는 유충으로 땅속에서 오랜 기간을 보낸 후에 성충이 되어서 잠깐 번식하고는 죽는다. 매미가 지상에 출현하는 데 걸리는 햇수는 종에 따라 5, 7, 13, 17년이다. 매미는 어떻게 소수를 공부한 것일까? 이유는 두 가지, 천적과 다른 매미를 피하기 위해서다. 매미의 생활 주기가 소수가 되면 천적과 만나는 주기를 최소로 줄일 수 있다. 게다가 다른 매미마저 소수 해에 출현한다면 종이 다른 매미끼리 만나는 시기가 훨씬 미뤄지므로 먹이를 두고 경쟁하지 않을 수 있다. 예를 들어 북미에 사는 13년 매미와 17년 매미는 221년에 한 번 만날 뿐이다.

"내가 17 대 1로……"라고 말할 때, 소리 나는 대로 적으면 '대對'가 아니라 '때time'다. 그는 자신의 무용담이 실은 "내가 17(세) 때 (일어난) 일로……"라고 말하는 것 아닐까? 하나와 자기만 아는 나이, 1과 자기 자신으로만 나눠지는 삶, 바로 사춘기의 특징이다. 이걸 넘으면 어른이다. 이 시기가 지나면 그는 더 이상 어린 자신과 싸우지 않는다. 매미가 허물을 벗고 어른이 되듯, 그는 무용담의 세계에서 벗어나 청춘과 비상飛翔과 고함과 짝짓기의 세계로 들어간다. 17 대 1의 세계는 저 뒤에 두고 온다.

그럼에도 불구하고 그는 여전히 연소자다. 법이 허용하는 어른의 한도는 19세다. '17 대 1'이 그 자신이 허물을 벗는 경계를 표현하는 말이라면 '19금'은 외부에서 부과한 사춘기의 경계를 표현하는 말이다. 왜? 19도 소수이기 때문이다. 그 사이에는 18이 있다. 온갖 수가 합성된 수다. 이미 17을 넘었는데 다시 19를 기다려야 한다. 그러니 저 말이 욕이 될밖에. 툭툭 튀어나올밖에.

용례　영화 〈비트〉에서 민(정우성 분)에게 한 방에 나가떨어진 환규(임창정 분)의 입에서 저 대사가 나온다. "너 운 좋은 줄 알어. 작년에 17 대 1로 다구리 치다가 허리를 삐끗했지. 그게 아니면 넌 뒈졌어, 이 새끼야." 이런 뜻이다. 난 작년에 사춘기 졸업했어. 그리고 지금은 열여덟이지. 난 청소년도 어른도 아니야. 그러니 욕이 안 나오겠냐고.

썸 [썸ː]

곁뜻   좋아하는 사람이 생겼음

속뜻   좋아졌거나 좋아질 것 같거나 좋아하는지 잘 모르겠
        거나 몰래 좋아함

주석   관심 있는 사람이 생겼을 때, 그 사람과의 사이에 있
었던 일 혹은 그 사람에 대한 마음을 '썸'이라 하고, 그 사람과
교제를 막 시작하거나 한창 교제하는 것을 '썸 타다'라고 말
한다. 흔히 쓰이지만 쓰임새가 의외로 광범위해서 뜻을 꼭 집
어 말하기가 어렵다.

어원부터 그렇다. 영어 'something'은 '어떤 것' '무언가'
라는 뜻이다. 사건이건 물체건 뭔가 있긴 있는데 딱히 뭐라
고 지칭하기는 어려운 것을 썸이라고 부른다. 연애 감정일 때
에도 사정은 마찬가지다. ① 한 사람이 다른 사람에게 좋아하
는 감정이 막 생기려고 할 때, ② 둘 사이에서 호감이 있다는
게 확인될 때, ③ 호감을 넘어서 연애 감정이 싹트기 시작할
때, ④ 둘이 본격적으로 연애를 하되 다른 이는 그 사실을 모
를 때(공인인증서를 발급받은 연인 사이가 아닐 때), ⑤ 한 사람이

다른 두 사람 사이에서 양다리를 걸칠 때, ⑥ 우정인지 애정인지 모호할 때, ⑦ 우정은 넘어섰으나 애정을 고백하지 못한 상태일 때가 모두 썸이다. 요즘 중국어로는 '애매曖昧'라고 한다. 쉽게 결정할 수가 없다는 뜻이다. 이 광범위한 썸들을 피해 가기란 정말 어렵다.

썸을 '관심 있는 사람이 생겼을 때'라고 풀었지만 이 풀이도 실은 중복이다. 관심이 곧 '생심'(=마음이 생기다)이기 때문이다. 그러니까 내 안에서 생긴 마음도 썸이요 그 사람과의 교제로 인한 일도 썸인데, 더하여 그 사람을 좋아할까 말까 고민하는 마음도 썸이다. '솔로/커플'을 '천국/지옥'에 빗댄다면 (홀로 있음이 반드시 지옥 체험인 것은 아니다. 사랑이 얼마나 큰 고통을 안겨주는지도 우리는 왕왕 경험한다) 썸은 연옥이다. 여기에는 '혼자'에서 '함께'로 넘어가는 사이의 온갖 고통·행복·불안·기대가 다 있다. 그리고 우리 모두는 연옥에 산다.

한편 '타다'는 능동인 것처럼 보이지만 실은 피동이다. 썸이라는 감정 혹은 사건이 내게 닥칠 때의 반응이므로 나는 주체적으로 썸 탈 수가 없다. 나는 썸이라는 물결에 이리저리 쏠려 다니는 약한 조각배에 불과하다. 흔히 이 단어를 쉽게 이성을 갈아치우는 젊은이의 사랑법을 비판할 때 쓰는 이가 있으나, 본래 젊음이란 격정의 주인이다. 늙은이의 사랑이 잔

잔한 물결이라면 젊은이의 사랑은 쓰나미다. 그는 더 자주 휩쓸린다. 소유와 정기고가 부른 〈썸〉에서 말한 대로, 젊은이의 정체성은 "내 꺼인 듯 내 꺼 아닌 내 꺼 같은 너 / 니 꺼인 듯 니 꺼 아닌 니 꺼 같은 나"다. 썸이란 저 뒤섞인 나와 너의 소유권 이전등기 같은 것이다.

용례　정현종 시인의 「섬」은 유명한 시다. "사람들 사이에 섬이 있다 / 그 섬에 가고 싶다." 장 그르니에는 '섬'이 (그 어원에서 말하듯) 개별자로서의 인간을 뜻한다고 생각했다. 섬은 혼자인 인간이며, 섬들은 혼자씩인 인간들일 뿐이라고. 개별자들이 각자의 고독을 극복하는 방법은 서로에게서 '무언가'를 발견하는 일뿐이다. 그러니 이 시를 이렇게 고쳐 읽도록 하자. "사람들 사이에 썸이 있다 / 그 썸을 타고 싶다."

아기야 [아기야ː]

겉뜻   대개 남자가 자기 애인을 귀엽게 부르는 말

속뜻   그녀와 부비부비하고 싶다는 말

주석   설마 정말로 아기에게 "아기야" 하고 부르지는 않겠
지? 그렇게 불러서 안 되는 이유는 많다. 첫째, 아기에게는 부
모가 붙여준 이름이 있다. 멀쩡한 이름을 놔두고 "아기야" 하
고 부르는 건 우리 집 뽀삐더러 강아지야, 하고 부르는 것과
마찬가지다. 둘째, "아기야" 하고 부르면 애 엄마가 먼저 자신
을 부르는 줄 알고 돌아본다. 셋째, 아기는 아직 말을 알아듣
지 못한다. 그런 나이가 되었다면 이미 아기라고 부르기가 어
렵다. 아기는 아기일 뿐 "아기야" 하고 부름을 받는 대상은 아
니다. 저 호칭은 주로 애인에게 쓴다.

　남자들은 왜 그녀를 아기라고 부를까? 그녀가 아기만큼 귀
여워서? 할머니가 손자더러 "아이구, 내 강아지" 하는 것처
럼? 그렇다면 그건 일종의 쓰리쿠션을 거쳐 이상한 이름이
되어버린다. 귀엽다는 이유 하나로 그녀가 강아지가 되는 것

164

이다. 그녀(실제의 그녀) → 아기(남자가 본 그녀) → 강아지(할머니가 본 아기). 이런 순서로.

본래 인간은 언어를 통해 삼라만상을 나누고 모은다. 이런 분리와 결합 작용을 합쳐서 분절^{articulation}이라고 부른다. 몸의 관절도 분절의 하나다. 이를테면 팔꿈치 관절은 위팔과 아래팔을 나누면서 결합한다. 분절은 언어의 특성이다. 인간은 언어를 통해 세상을 분류하고 쪼개고 모으고 결합할 수 있었다. 무지개를 동양에서는 오색五色이라고 부르고 서양에서는 일곱 빛깔이라고 부르는 것은 색을 분절하는 기준이 달랐기 때문이다. 그것은 국악이 5음계이고 서양음악이 7음계인 것

과도 관련이 있다. 동양에서는 궁상각치우로 색을 보고 서양에서는 도레미파솔라시로 색을 보았다. 요컨대 언어는 세상을 분절하는 방법인 것이다.

아기는 아직 언어를 배우지 않았다. 이것은 아기가 세상을 분절하지 않았다는 뜻이기도 하고, 아기 자신이 언어에 의해 분절되지 않았다는 뜻이기도 하다. 아기는 언어 이전의 살㈜, 우리가 보고 만지고 느낄 수 있지만 거기에 어떤 설명도 덧붙일 수 없는 그런 살이다. 우리가 예쁘다, 매끄럽다, 부드럽다와 같은 말로 설명하려고 했던 원래의 그 살결 그대로 아기는 있다. 하지만 어떤 언어도 아기의 그 예쁘고 매끄럽고 부드러운 살결을 형용할 수가 없다.

남자가 애인을 아기라고 부르는 것은 그래서다. 그녀가 얼마나 예쁘냐고? 미치도록! 얼마나 매끄럽냐고? 만져보지 않았으면 가만히 계셔. 얼마나 부드럽냐고? 오 마이 갓. 말 시키지 말라 이거다. 남자는 아무 말도 할 수가 없다. 어서어서 그 옆에 누워서 같이 아기가 되고 싶을 뿐. 부비부비하고 싶을 뿐.

용례 ① 물론 이것은 실제의 아기가 태어나기 전까지만이다. 어떤 살결도 아기의 살결을 이길 수는 없으며, 어떤 귀여움도 아기의 귀여움을 당해낼 수는 없다. ② 한 아기와 세 아버지의 유쾌한 육아 일기인 〈세 남자와 아기 바구니〉(1985)가 〈세 남자와 아기 바구니 18년 후〉(2003)라는 속편으로 이어진 것은 당연한 결과다. 아기 마리는 어느새 성숙한 여성으로 변신해 있다. 세 아버지들은 다투어 그녀를 부른다. "아기야!"

아몰랑 [아몰랑:]

걸뜻 　"아, 몰라"를 줄인 말

속뜻 　"무조건 ~할래"를 숨긴 말

주석 　"아, 몰라"를 비음 'ㅇ'이 떠받치면 '아몰랑'이 된다. 신
혼부부의 대화에 수시로 끼어드는 바로 그 'ㅇ'이다. "자기 나
사랑해?" "아이, 몰라몰라." 두 번째 지문에 나오는 저 감탄사
("아이")를 비음으로 발음할 수 있는가? 우리말 초성 'ㅇ'에는
음가가 없고 자음 'ㅇ'은 받침에만 쓰이지만, 적어도 저 "아
이"만큼은 코맹맹이 소리로 발음해야 한다. 그리고 그걸 할
수 있는 구강 구조를 가진 이들이 새색시다. 그러니까 아몰랑
은 "사랑해"의 반어적 표현인 "몰라몰라"에, 애교가 잔뜩 묻은
감탄사 "아이"가 결합해서 생긴 말이다.
　청문회에서 우리가 가장 자주 듣는 말도 이 말이다. 위증할
수도 없고(위증은 무거운 죄다), 그렇다고 시인할 수도 없는(시
인에는 벌이 따라 붙는다) 자들이 모든 결정권을 자기 바깥으로
떠넘길 때 이 말을 쓴다. "기억나지 않습니다"라고. 청문회 증

인들이 구사하는 아몰랑이 부정적인 의미의 '결정할 수 없음'이라면 신혼부부가 구사하는 아몰랑은 매우 긍정적인 의미의 '결정할 수 없음'이다. "사랑해?"라는 질문 앞에서 행하는 아몰랑이란, 사랑인지 아닌지 결정할 수 없다가 아니기 때문이다. 그것은 "응, 사랑해"라는 대답을 품은 결정 불가능함이다. 사랑하지, 그런데 그것을 내 입으로 말할 수 없어. 그 사랑의 크기나 상태가 내 구술口述에 전부 포착되지 않기 때문이야. 사랑이 나보다 크기 때문에, 사랑은 내 소유가 아니야. 내가 사랑의 소유지. 그러니 내가 내 사랑을 어떻게 소묘할 수 있겠어? 나는 사랑으로 가기 위해 '앎'(아몰랑의 반대인 또 다른 무지의 상태)의 자리에서 나와서, 사랑을 통해서만 가닿게 되는 또 다른 '앎'(내가 사랑에 대해서는 무지하다는 것을 아는 앎)에 이른다.

그런데 문맥이 중첩됨에 따라 이 용어가 '여혐'(여성 혐오)을 나타내는 뜻으로 고정되고 있다. 남자들이 개념 없는 여자들을 비하할 때 쓰는 용어라는 것이다. "가계부 적자인데 어쩌지?" "아몰랑, 쇼핑 갈래." "내가 영화, 밥, 술 샀으니까 자기가 커피 한 잔 사줄래?" "아몰랑, 오빠가 내." 이런 식이라는 거다. 남자들이 여자 흉내를 내며 비아냥대는 표현으로 변질된 셈이다. 하지만 남자들, 이 목소리를 따라 하며 묘한 쾌감

을 느꼈을 거라는 데 500원 건다. 이건 누이의 치마를 훔쳐 입거나 여동생 립스틱을 바르고 거울 앞에서 몸을 꼬던 남자들의 말버릇에 불과하다. 남자들은 아무리 흉내를 내도 저 말에 담긴 귀여움까지 따라 하지는 못한다. 비음을 섞어서 발음할 수 없기 때문이다. 그러니 저 예쁜 말을 '비아냥'의 극치를 묘사할 때 쓰지는 않도록 하자. 원래의 어감을 살려서, 저 말을 신혼집에서만 한정해서 쓸 수 있다면 얼마나 좋을 것인가? 아몰랑!

용례 이 말이 요즘은 무책임의 '극치'를 묘사할 때도 쓰인다. "세월호 참사 1주년인데 어쩌지?" "아몰랑, 남미 갈래." "메르스 사태 심각한데 어쩌지?" "아몰랑, 미국 갈 거야." 그러니까 위 지문에서 아몰랑은 '무슨 일이 있어도 ~하겠다'의 뜻이다. 여기에는 단언컨대 어떤 비음도 섞여 있지 않다. 아까도 말했지 않은가? 새색시만이 이 말을 제대로 발음할 수 있다고.

아오 빡쳐 [아오빡쳐]

겉뜻   매우 화가 남

속뜻   매우 흥분함

주석   '빡치다'는 '화나다' '짜증 나다' '어이없다'와 같은 뜻을 가진 말이다. 신조어이긴 하지만 그와 유사한 말이 광범위하게 출현하는 것으로 미루어, 이 말은 우리의 무의식적인 언어 구조 내부에 이미 포함되어 있었던 듯하다. '빡침'은 아마 영어 욕설인 '퍽fuck'에서 나왔을 것이다. '퍽큐fuck you'와 '빡쳐'의 신비로운 공명 현상도 염두에 둘 만하다. 요즘엔 '개'를 붙여 '개빡치다'라는 말까지 나왔다. 접두사 '개'는 본래 '질이 나쁜' '쓸데없는' '정도가 심한' 등의 뜻을 가진 말이지만 여기서는 그 뜻이 아니다. 체언에 붙은 말이 아니기 때문에 그냥 "개새끼" 할 때의 그 개라고 의식하는 이들이 훨씬 많을 것이다. 일본어에서 온 '빠구리ばくり' 역시 성교를 뜻하는 말이고 중국어에서도 '屄'(Bi 삐. 여성 성기), '肏'(Cao 챠오. 남성 성기) 역시 성교를 뜻하는 말이므로, 이 말은 꽤나 보편화

된 만국 공용어다. 이렇게 본다면 '빡침'의 앞에 붙은 '아오'는 화가 나서 내지르는 감탄사일 수도 있지만 성적인 흥분 상태를 뜻하는 감탄사일 수도 있다. 아오 빡침. 매우 '빡'하여 흥분함. 저 파열음(빡, 퍽, 빠구, 삐이)들은 의성어인 셈이다.

^{용례} 황병승 시인의 시에 "회전목마가 돌아간다 sick fuck sick fuck"이라는 구절이 있다. 뒤의 구절은 목마의 오르내림을 뜻하는 말이면서 그 오르내림이 성교 동작이라는 것을 보여주는 말이기도 하다. sick fuck sick fuck. 아파 욕 나와 아파 욕 나와. 아오!

안알랴줌 [아날야:줌]

겉뜻   안알랴주고 싶을 때 쓰는 말

속뜻   이미 알려주었을 때 쓰는 말

주석   한 여학생이 카카오스토리에 올린 짧은 글에서 이야기는 시작되었다. "아무도 왜 내가 힘들다는 걸 몰라주지." 이 혼잣말에 아홉 명이 '힘내요'라는 느낌을 남겼고 한 명이 이런 댓글을 달았다. "먼일잇냐 ㅋ." 그러자 여학생이 대답한다. "안알랴줌." 차마 말할 수 없는 사정과 그럼에도 불구하고 말하고 싶은 사연이 한데 얽힌 말이다. 내용으로는 알려주지 않겠다는 뜻이지만, 운을 맞춘 부드러운 발음은 입을 막아도 새어나오는 어떤 누설의 표현이다. 그 이후 엄청난 속도로 패러디물이 사람들에게 퍼졌다. 이 작품들에 카카오스토리 식으로 느낌을 남겨보자.

먼저 '화나요' 버전이 있다. 기상캐스터가 나와서 말한다. "오늘의 날씨는…… 안알랴줌." 불쾌지수가 매우 높은 날씨라는 걸 직접 경험하게 해주는 버전이다. 사실은 기상 캐스터의 복장에서부터 사달이 났다. 하필이면 입고 나온 원피스가 파란색이어서, 블루스크린 앞에서 그녀가 투명 인간으로 변했던 것이다. 화나요 버전이 아니라 야동 버전이었던 셈이다. '무서워요' 버전도 있다. 김성모 화백의 만화에 대사를 입혔다. 선글라스를 쓴 건장한 사내가 세 남자를 해치우고는 말한다. "아무도 내가 힘든 걸 몰라주지." 쓰러져 있던 남자 하나가 애원하듯 묻는다. "뭔 일인데 그러세요?" "……안알랴줌." 이 버전의 주인공은 쓰러진 남자 1이다. 선글라스 남자의 눈빛을 볼 수 없으므로 남자 1은 자신이 더 맞을지 그만 맞을지 도무지 짐작할 수가 없다. '슬퍼요' 버전의 주인공은 한창 탈모가 진행 중인 맨유의 축구 선수 루니다. "입만 산 것들은 종일 나불나불 아무도 모르지 내 진짜 속마음, 상처받는 거 이제 익숙하지만 가끔씩은 조금 힘들다." 박지성이 묻는다. "먼 일잇냐." "……안알랴줌." 세계 최고의 공격수에게서, 헤딩 때 마찰의 슬픔을 캐치한 안목이 돋보이는 작품이다.

"안알랴줌" 패러디를 가장 흔히 볼 수 있는 분야는 정치 분야다. 2014년 7월 24일 〈쿠키뉴스〉는 22일 유병언 전 세모그룹 회장이 변사체로 발견된 후에 그를 소재로 한 패러디물을 소개했다. 여기서 유 전 회장은 "아무도 왜 내가 살아 있다는 걸 몰라주지"라고 한탄하고, 여러 정치인들이 '슬퍼요' '멋져요' '어디요' '이름 뭐요' '미안해요' 등의 느낌을 남긴다. "살아잇냐ㅋ"라는 이준석 선장의 물음에 유 전 회장은 예의 대답을 해준다. "안알랴줌." 검경의 부실 수사를 두고 제기된 갑론을박을 음모론으로 승화시킨 작품이다. 여기엔 '슬퍼요'와 '무서워요'와 '웃겨요'와 '화나요'가 다 들었다.

<u>용례</u>   ① 실은 이 분야 최고의 패러디 작품을 아직 소개하지 못했는데 지면이 차버렸다.(남들도 다 이렇게 말한다.) 그래서 서둘러 짧게 소개해야겠다. 최고의 작품은 바로…… 안알랴줌. ② 급기야 이 단어는 패러디 국어사전에까지 등재되었다. 안알랴줌이란 "안알랴주고 싶을 때 쓰는 말"이란다. 사전은 아무것도 풀어주지 않으면서도 한 가지를 가르쳐준다. 저 말은 한 단어라는 것. 안알랴줌이란 사실은 '안알랴준 것'으로 이미 다 알려주었다는 것.

알만 한 사람이······ [알ː마난 사라미ː]

겉뜻   ("왜 그래?"와 함께 쓰여) 상대방의 상식적이지 못한
　　　 행동을 질책함

속뜻   상대방이 보잘것없다고 무시함

주석   "알만 한 사람이 왜 그래?" 선임이나 연장자가 훈계할
때 흔히 하는 말이다. 저 말이 따라붙으면 후임이나 젊은이는
엉뚱하거나 상식에 어긋난 행동을 한 사람이 된다. 저 말은
답변을 요구하는 말도 아니다. 질책이 아니라면 은근한 회유
다. 회유일 때, 저 말 뒤에는 하여가何如歌가 따라붙는다. "세
상 둥글게 살아야지. 젊은 사람이 그렇게 모가 나서야 쓰나?"
요컨대 둥글둥글하게 살라는 거다.

　　사전에는 '상식'이 '일반적인 사람이라면 누구나 갖고 있
는 지식이나 판단력'이라고 나와 있다. 다시 '일반적'이라는
말의 뜻은 '일부에 한정되지 않고 전체에 널리 걸치는'이란
다. 요컨대 상식이란 그 집단이나 공동체에 널리 퍼진 관습이
나 행동에 따르려는 생각이다. 논문 표절이 일반화된 사회에
선 스승이 제자 논문을 훔쳐서 자기 것으로 삼는 게 상식이

고, 친일파가 권력을 잡은 나라에선 식민 지배가 하느님의 뜻이 되는 게 상식이다. 그게 알만 한 사람들이 둥글게 사는 방법이다.

그러니까 알만 하다는 말은 '알 수 있는 수준에 있다'라는 뜻이 아니라 그냥 달걀이나 메추리알만 하다는 뜻이다. "알만 한 사람이 왜 이래?"를 번역하면 '요 지름 3~5센티미터밖에 안 되는 놈이 어딜 까불어?'가 된다. 난 타조알이야. 내가 너보다는 큰 알이라고. 그렇게 알로 된 몸을 알몸이라고 한다. 지금도 여고 앞에는 바바리로 서툴게 포장한 큰 알들이 굴러다닌다. 알만 한 사람의 특징 가운데 하나가 그처럼 쉽게 벗는 거다. 욕망을 옷 대신 입었기 때문이다. 벌거벗은 임금님은 타인의 시선을 욕망했지만 알로 된 사람은 자신의 욕망을 욕망한다.

용례 ① 2014년 6월에 우리는 곡학아세, 일제사랑, 장교학생, 셀프임명, 나태민족 등의 이상한 사자성어로 대표되는 사람을 총리로 모실 뻔했다. 언론에서는 그의 이름에 빗대어 총리가 될 뻔한 사태를 '참극'이라고 불렀다.(그렇다면 비슷한 이름을 가진 다른 이가 대변인이 될 뻔한 사태는 '참중'인가?) 방송에서 본 그는 큰 탁구공 혹은 타조알처럼 보였다. 그의 항변은 정확히 이렇게 들렸다. "알만 한 사람이 왜 이래?" 나만 그런 것도 아닌데. 우리는 대답해야 한다. 우리는 알만 하지 않다고. 당신은 아무리 커도 큰 알이지만, 우리는 아무리 작아도 사람이라고. 난생설화의 시대는 끝난 지 오래라고. ② 〈사랑방 손님과 어머니〉에서 어머니가 자꾸 달걀을 사던 일을 기억하는가? 사랑방 손님이 달걀을 좋아한다고 한 이후다. 원작에는 없지만 영화(1961, 1978)에서는 식모가 임신한 일로 사랑방 손님(하명중 분, 1978)이 의심을 받는다. 범인은 달걀 장수(김상순 분)였다. 알몸이었으니 그럴밖에. 알을 들고 왔으니 그럴밖에.

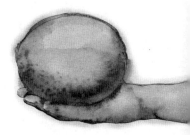

어디서 좀 놀았군요 [어디서 좀 노랃꾼요:]

겉뜻　　노는 솜씨가 예사롭지 않다는 칭찬

속뜻　　단골손님이라는 단언

주석　　노래방 반주기에게서 흔히 듣는 말이다. "와우, 어디서 좀 놀았군요." 그런데 18번을 한 번만 부르는 사람은 없다. 열여덟 번도 적다. 단골 노래방이 내게 저 말을 건넬 때마다, 실은 "어디서"가 바로 이 자리였던 것이다.

용례　　불특정한 장소("어디")가 바로 이곳이 되는 일은 매우 흔하다. 이런 말도 있다. "어디서 약을 팔아?" 내가 그 약을 샀었는데.

어, 시원하다 [어 시언:하다]

겉뜻   덥거나 춥지 않고 쾌감을 느낄 만큼 알맞게 서늘하다

속뜻   매우 차거나 뜨거워서 속이 후련하다

주석   어렸을 때 아버지나 어머니 손에 이끌려 탕 속에 들어
갈 때의 기분, 기억할 것이다. "어, 시원하다"라는 말을 믿은
게 잘못이지, 아들이 나오며 이렇게 투덜거렸다는 농담도 전
한다. "세상에 믿을 놈 하나도 없네." 나이가 들어서야 우리는
시원하다는 말이 '적당히 서늘하다'에 한정되지 않는다는 것
을 알게 된다. 아주 차가울 때에도 아주 뜨거울 때에도, 그것
을 피부로 접하거나 위장에서 받아들일 때에도, 나아가 탁 트
인 전망을 접하거나 일이 원하는 방향으로 해결되었을 때에
도 우리는 시원하다는 말을 쓴다. 발전 경로는 이렇다. 감각
(냉점) → 감각(냉점, 온점) → 감각(냉점, 온점, 통점) → 정서.
  하나의 명명('적당히 차다')이 자신의 대립물('매우 차다' 혹
은 '뜨겁다')을 끌어안아서 확장되는 방식을 우리는 변증법이
라고 부른다. 변증법에서 '지양하다'라는 말은 세 가지 뜻으

로 쓰인다. 어떤 것을 ① 보존하다. ② 폐기하거나 극복하다. ③ 끌어올리다, 더 고차적인 것으로 만들다. "어, 시원하다"라는 말은 ① 차갑다는 성질을 보존하고, ② 그것의 대립물(뜨겁다)을 제시함으로써 최초의 상태를 폐기하며, ③ 마침내 뜨겁기도 하고 차갑기도 한 상태, 어떤 것으로 인해 속이 후련하다는 용법으로 감각적이거나 심리적으로 고양된 상태를 제시한다. 아, 목욕탕에서 아버지는 내게 변증법을 가르쳤구나. 이것이야말로 통쾌痛快(아파서 유쾌하다) 자체가 아닌가.

용례 　아르키메데스는 욕조에서 물이 넘치는 것을 보고 금의 밀도를 재는 방법을 찾아냈다. 그때 그가 벌거벗은 몸으로 뛰쳐나오며 "'유레카!" 하고 외쳤다는 이야기는 유명하다. 유레카는 '알았다!'라는 뜻이라고 한다. 내가 보기에는 틀렸다. 그 말의 뜻은 '어, 시원하다'였을 것이다. 얼마나 뜨거우면 맨몸으로 거리까지 뛰어나갔겠는가?

언제 밥 한번 먹자 [언제 밮번 먹짜:]

겉뜻   다음에 길게 만나거나 아예 만나지 말자는 제안

속뜻   삶을 연장하겠다는 의지

주석   친구나 지인을 만나서 가장 자주 하는 인사가 이 말
일 것이다. 비슷한 말로 "언제 술 한잔 하자"나 "언제 PC방 한
번 가자" 등이 있으나 활용 빈도에서 상대가 되지 않는다. 음
주나 게임을 매일 하지는 않으며, (설혹 매일 한다고 해도) 하루
세 번씩 하지는 않는다.

　밥 먹자는 제안을 이토록 자주 하는 것은 그것이 생명을 유
지할 만큼 중요해서(우리는 '먹고사니즘'을 얘기하지 '살고먹기
즘'을 얘기하지 않는다)만은 아니다. 밥 먹는 일은 모든 인간관
계의 기초다. 식구食口란 '밥 먹는 입'이라는 뜻이다. 이정록
시인이 「식구」라는 시에서 이런 말을 했다. "그릇 기(器)라는
한자를 들여다보면 / 개고기 삶아 그릇에 담아놓고 / 한껏 뜯
어 먹는 행복한 식구들이 있다 / (…) / 그중 큰 입 둘 사라지
자 울 곡(哭)이다." 1연이다. 개고기 뜯어 먹는 입들의 탐욕에

대한 얘기다. 시인은 3연에서 이 글자의 뜻을 이렇게 바꾼다. "기(器)란 글자엔 개 한 마리 가운데에 두고 / 방싯방싯 우는 행복한 가족이 있다 (…) 일터로 나간 어른 대신 / 남은 아이들 지키느라 컹컹 짖는 개가 있다 / 집은 제가 지킬게요 저도 밥그릇 받는 식구잖아요." 이번에는 개를 포함해서 한 식구다. 이렇게 보면 같이 밥 먹자는 말은 식구처럼 친밀해지자는 따스한 제안이기도 하다.

문제는 이게 별로 실현 가능성이 없는 제안이라는 데 있다. 한 대기업 사보에서 자사 직원 1500명을 대상으로 조사해보니, 조사 대상의 70퍼센트가 가장 자주 하는 거짓말로 이 말을 들었다고 한다. 만화 〈마음의 소리〉에서 작가 조석은 이 대화를 나누는 두 사람을 보여주고는 이 장면의 속뜻을 이렇게 푼다. "우리가 언제 목성에 갈 수 있을까?"(언제 밥 한번 먹자고 먼저 말을 건넨 사람) "이건 왼손이야."(그러자고 손을 들어 응답한 사람) 거기에 아무 진심도 담겨 있지 않다는 얘기다.

그런데 실현 가능성이 적다고 해서 그 말을 나누는 진심마저 부정할 수 있을까? 저 말을 나눌 때 우리는 정말로 밥 한번 먹자고 제안하는 것 아닌가? 다만 "언제"를 특별히 지칭하지 않았을 뿐이다. 그렇다면 "언제" 먹나? 답은 이렇다. 언젠가는. 단, 지금은 아니고. '지금'을 강조해서 읽으면 이 말은 '너

랑은 안 먹어'라는 뜻이지만, '언젠가'를 강조해서 읽으면 이
말은 '너랑 밥 먹을 때까지 우리 관계는 끝난 게 아니야'라는
뜻이 된다. 이것은 실행을 자꾸 연기함으로써 우리의 삶(곧
너와 한 식구가 됨으로써 비로소 완성되는 친밀한 삶)을 지속하겠
다는 의지다. 당신이라면 어떤 쪽에 내기를 걸겠는가?

<u>용례</u>　결혼식 주례사에 꼭 들어가는 말이 있다. "죽음이 둘
을 갈라놓을 때까지⋯⋯." 얼핏 들으면 신성한 계약의 자리에
어울리지 않는 저주의 말 같다. 어차피 같이 살아봐야 죽을
땐 따로따로야. 하지만 이 말의 진정한 뜻은 (살아서 동행하는

것은 물론이고) 죽음마저도 둘의 결합을 막을 수 없다는 거다. 저 말에서 죽음은 하나의 문턱에 불과하다. 자기야, 먼저 가 있어. 금방 따라갈게. 이런 뜻이다. 그러므로 "언제 밥 한번 먹 자"의 "언제"와 "죽음이 둘을 갈라놓을 때"의 "죽음"은 특정하 지 않은 시기(未定)로 영원을 담보하는 용어라는 점에서 쌍둥 이인 셈이다.

엄마가 좋아, 아빠가 좋아? [엄마가 조아: 아빠가 조아:]

겉뜻　아이의 사랑을 확인하는 질문

속뜻　이혼하겠다는 부모의 통보

주석　이 질문이야말로 아이에게 닥친 최초의 시련이자 시험이다. 이것은 성인이 될 때까지 무수히 치르게 될 수학능력시험의 전조이며, 아무리 풀어도 또 풀어야 하는 무한 루프다.

　사실 이 질문에 답하는 것은 어렵지 않다. 당연히 엄마가 좋다. 나를 품고 기르고 먹이고 입히는 이가 엄마니까. 구글 번역기로 '엄마'를 검색하면 이런 소리가 난다. 마(영어, 아이슬란드어, 힌디어, 스와힐리어), 마마(스페인어, 러시아어, 벨로루시어, 일본어 등등), 마하(라틴어), 마이카(보스니아어), 아마흐(아랍어), 마르(카탈로니아어), 맘마(이탈리아), 마멍(프랑스어), 매(태국어)……. 아기가 입을 떼고 발음하는 최초의 소리, 아이의 발성기관이 낼 수 있는 맨 처음 소리는 어디나 비슷하다. 처음 아기의 말을 듣고 그 말이 자신을 부르는 말이라고 생각하는 이가 엄마이기 때문에 저 소리는 엄마를 뜻하는 소리가 되었다.

아빠는 저 최초의 비음('ㅁ')이 익숙해진 다음에야 온다. '파파'거나 '대디'와 같은 파열음('ㅍ' 'ㄷ')으로 온다. 이것도 세계 공통이다. 비음은 애교가 넘치는 소리다. 코맹맹이 소리가 애인의 전유물인 것은 이 때문이다. 파열음은 터져 나오는 소리다. 아빠, 나빠. 오빠, 나만 봐. 저 안타까운 비명은 늘 남자를 대상으로 터져 나온다. 그러니 처음 질문에 대해서 아기가 최초로 낼 수 있는 답안도 당연히 엄마다. "엄마가 좋아, 아빠가 좋아?" 하고 묻는다면, 전 세계 아이들이 입을 모아 외칠 것이다. 엄마!

철이 들고 나면 사정이 달라진다. 저 질문은 늘 아빠가 한다. 단, 지갑을 손에 들고. 사실대로 말하면 국물도 없다. 아이는 최초로 세상의 질서를, 아이러니가 무엇인지를, 참과 거짓의 경계를 깨치게 된다. 남자아이라면 "나는 공산당이 싫어요"를 외치며 죽어갔다는 이승복 어린이의 심정이 된다. 엄마를 외치며 내쳐질 것인가? 아빠와 타협하여 용돈을 보존할 것인가? 여자아이라면 신파극의 주인공이 된다. 엄마가 비통하게 묻겠지. 아빠의 다이아몬드가 그렇게 좋더란 말이냐? 그러고 보니 김중배라는 이름 속에도 아빠처럼, 비음 대신 파열음이 들어 있구나.

나이를 더 먹으면 저 고민은 희미해져서 중국집 메뉴판 앞에서만 가끔 떠오를 뿐이다. 자장면을 먹을 것인가, 짬뽕을 먹을 것인가? 아, 그러나 중국집에선 짬짜면이라도 있지. 아빠와 엄마는 반씩 섞을 수도 없다. 우리의 모든 실존적 고민의 기원에는 바로 저 질문이 있다. "아빠가 좋아, 엄마가 좋아?" 아이는 본능적으로 이 질문의 무서움을 아는 것이다. 이 질문이 이혼 서류에 도장을 찍은 다음에나 나올 질문이라는 것을, 자신이 재산분할청구소송의 바로 그 재산이 되어버렸다는 것을.

용례　"둘 다 좋아"는 적절한 대답이 되지 못한다. 그러면 바로 두 번째 질문이 들어온다. "엄마와 아빠가 물에 빠졌어. 시간이 없어서 하나밖에 못 구해. 그럼 누굴 먼저 구할래?" 어쨌든 저 질문 앞에 서면 선택을 해야 한다. 세상에서 가장 어려운 질문은 사지선다나 오지선다가 아니다. 양자택일이다.

엄친아 [엄치나:]

겉뜻   모든 조건을 갖춘 완벽한 사람

속뜻   머리 나쁜 사람

주석   '엄친아'는 '엄마 친구 아들'의 줄임말이다. 공부도 잘하고 운동도 잘하고 성격도 좋고 외모도 훌륭하고…… 한마디로 좋은 건 다 갖춘 사람이라는 뜻이다. 이 이름의 유래를 짐작하기는 어렵지 않다. 자식에게 훈수 두는 엄마가 범인인데, 대개는 그 자신이 공부를 안 했다는 공통점이 있다. 엄마 자신의 체험과 비교할 수 없어서 만들어낸 인조인간이 엄친아다. 그러니 못하는 게 없을밖에. 요즘은 사회가 머리 나쁜 엄마 노릇을 한다. 요즘 엄친아는 잘생긴 재벌 아들, 공부도 잘하는 연예인, 과 수석을 놓치지 않는 운동선수다. 타고난 재산, 집안, 머리, 육체를 가진 사람의 엄마가 왜 우리 엄마와 친하겠는가? 반칙도 이런 반칙이 없다.

    엄친아의 반대말은 무엇일까? 후보가 여럿 있다. 엄친딸(엄마 친구 딸)은 비슷한 말이니 제외하자. 아친아(아빠 친구 아들)? 이 말은 거의 쓰이지 않는다. 엄마만 공부를 안 해서가 아니라, 아빠는 대개 아들 교육에 관심이 없어서다. 아친엄(아들 친구 엄마)은 아들이 방패로 쓰는 말이니 정확히는 내친엄(내 친구 엄마)이라 부르는 게 맞다. "내 친구 엄마는 용돈도 더 주고 성형도 시켜주는데 우리 집은 왜 이래?" 이렇게 항변할 때 쓴다. 이보다 무서운 반대말이 둘 있다. 엄마가 보기에 제일 무서운 말은 우아친(우리 아들 친구)이다. 내 아들 성적을 떨어뜨리는 나쁜 집 자식을 이르는 말이다. 아들이 잘못된 것은 다 친구를 잘못 사귄 탓이다. 아들 입장에서 제일 무서운 말은 여친남(여자 친구의 남자 친구)이다. 그는 항상 경계해야 하는 잠재적인 경쟁자다. 여친이 떠나가게 생겼는데 고작 우아친 따위가 문제겠는가?

그러나 엄친아의 진정한 반대말은 따로 있다. 엄친아를 만든 이가 엄마니까, 반대말도 엄마 입장에 서야 보인다. 엄마 친구 아들과 비교되는 바로 그 사람, 자기 아들 말이다. 공부도 못하고 운동도 못하고 성격도 외모도 그저 그렇고……. 그때마다 엄마는 한탄한다. "너는 대체 누굴 닮아서 그 모양이니?" 몰라서 묻는 게 아니다. 엄마 친구 아들은 엄마 친구를 닮았고 엄마 아들은 엄마를 닮았다. 그래서 엄마는 남들에게 아들을 소개할 때에는 서둘러서 이렇게 덧붙인다. "얘가 머리는 좋은데 공부를 안 해요." 아들은 타고난 재능은 출중하나 단지 공부를 안 했을 뿐이다. 그는 자신의 선택 곧 자유의지로 지금 자리에 이르렀다. 반면 엄친아는 모자란 재능을 공부로 열심히 벌충했다. 그는 공부밖에는 할 게 없었다는 의미에서 타율적인 인간이다.

용례 「정말 미안하다」 편에서 원조 엄친아 가운데 한 사람을 다루었다. 사법고시, 외무고시, 행정고시를 모두 패스했다는 전설의 주인공 말이다. 그분은 왜 시험을 세 번이나 보아야 했을까? 혼자서 법관, 외교관, 공무원을 다 할 수도 없었을 텐데? 혹시 가장 잘하는 게 공부여서는 아니었을까? 수단이 아니라 목적이 공부인 삶이라니, 확실히 머리는 좋은데 공부를 안 하는 삶은 아니다.

여보세요 여보세요 [여보세요 여보세요:]

겉뜻 통화를 시작함.

속뜻 통화를 완성함

주석   반복에 관해서 생각해보자. 반복은 같은 행동을 거듭
하는 것이지만, 이때 반복되는 행동은 처음 행동과 같은 의미
를 띠지 않는다. 많은 이야기들은 구원이 반복에서 온다는 것
을 보여준다. 똑같이 따라 하는 제스처를 통해서 죽음은 생명
으로 전환된다. 눈이 멀어 물에 빠진 심 봉사를 대신해서 물
에 뛰어든 심청이가 아버지 눈을 뜨게 했고, 자라 등을 타고
죽으러 간 토끼가 자라 등을 타고 사지에서 빠져나왔다. 감옥
에 갇힌 춘향을 구원한 것은 변학도의 감옥행이고, 놀부는 흥
부의 박 타기를 흉내 내다가 영혼의 구원을 받았다.

　왜 그런가? 반복에서 두 번째 행동은 첫 번째 행동에 상징
적 의미만을 덧붙이는 일이다. 바뀐 것이 아무것도 없으므로
이때 덧붙는 것은 무無이지만, 이것은 아무것도 덧붙지 않았
다는 말이 아니다. 정신분석가들은 거식증자가 아무것도 먹

196

지 않는 게 아니라 무無를 먹는 것이라고 말한다. 전자가 먹는 일의 결여라면 후자는 먹지 않음을 먹는 일이다. 사실 영(0, zero)만큼 힘센 기호는 없다. 1 다음에 0이 하나 놓이면 10이 되고 둘이 놓이면 100이 된다. 0의 개수에 따라 1은 열 배도 되고 100배도 되는 것이다. 반복은 바로 이 0을 덧붙이는 일이다. 동일한 말과 행동을 반복함으로써 처음의 말과 행동이 구제되는 것이다.

말(스피치)도 그 안에 반복을 내장하고 있다. 내가 말을 바깥으로 내면, 그 말은 내 귀를 따라 다시 내 안으로 돌아온다. 그렇게 돌아오지 않으면 말은 완성되지 않는다. 그런데 혼잣말에서는 저 반복이, 0의 되먹임이 계속된다. 내가 말하고 내가 듣는 과정에서 0은 무한히 증폭되며, 이것을 멈출 수 있는 방법은 없다. 혼잣말의 반복은 외로움의 반복이다. 되먹임을 중지시킬 사람이 없으므로 외로움은 열 배도 되고 100배도 된다.

전화를 할 때 "여보세요"를 반복하는 것은 바로 이 때문이다. 상식적으로는 저 말을 반복할 이유가 없다. 이미 전화를 받았으므로 상대가 전화기 저편에 있다는 것은 이미 알려졌다. 하지만 저 말이 되울려 나와야 내 말이 온전히 자리를 잡는다. "여보세요"는 반드시 "여보세요"로 응답해야 한다. 그래야 우리는 진정한 대화적 관계에 들어간다. 같은 말을 반복함으로써 우리는 서로를 구원한다. 우리는 이제 외롭지 않다.

① 나라 전체에 온갖 종류의 갑질 얘기가 나돈다. 우리가 이토록 천박해졌구나 하는 탄식을 멈출 수가 없다. 전화만 잘 받아도 이런 일은 생겨나지 않았을 텐데. ② 드라마 〈미생〉이 유행해서이긴 하지만, 요즘은 부하 직원에게 "다 나가!" 하고 고함을 치는 부장이 광고에서도 예사로 등장한다. 우리나라가 언제 광고에서조차 개차반의 행태를 당연한 것으로 받아들여야 하는 봉건자본주의 국가가 된 것일까? 부하 직원은 종이 아닌데 말이다. 내가 광고주라면 저 광고에 2NE1의 노래를 붙여두겠다. "내가 제일 잘 나가." ③ 부부 사이에서 서로를 부르는 호칭도 '여보'다. 아내와 남편은 수화기를 든 사이다. 진정한 대화적 관계에 들었기 때문이다.

예쁘냐? [예쁘냐:]

겉뜻   남자가 여자를 만나기 위한 조건

속뜻   여자가 남자를 만나기 위한 조건

주석   남녀 간 차이를 보여주는 다양한 대화의 양상이 있다. 인터넷에서 찾은 기록 가운데는 이런 것도 있다. 대화 상대가 여자인 경우 얘기는 다채롭게 진행된다. "미팅 할래?" "뭐 하는 사람이야? 차는 있어? 어디 살아? 키는 커?" "나 여동생 있어." "그래? 맨날 싸우겠다." "나, 애인 생겼어." "어머, 축하해! 뭐 하는 사람이야? 차는 있어? 어디 살아? 키는 커?" "어제 탤런트 봤어." "실물은 별로지? 코 집었지? 어디 살아? 키는 커?" "어제 나이트에서 부킹했어." "어머, 나도 데려가지. 누군데? 혼자 갔어? 키는 커?" 키를 묻는 옵션이 일정한 것 빼고는 이런저런 면이 화제에 오른다. 그런데 상대가 남자인 경우 대화는 매우 단조롭다. "미팅할래?" "예쁘냐?" "나 여동생 있어." "예쁘냐?" "나, 애인 생겼어." "예쁘냐?" "어제 탤런트 봤어." "예쁘냐?" "어제 나이트에서 부킹했어." "예쁘냐?" 여자는 매번 다른 것을 묻는데 남자는 시종일관 같은 질문이다. 실제로 '소개팅 주선 때 무엇을 묻는가'를 조사한 한 설문에서도 여자가 다양한 질문을 쏟아낸 것과는 달리 남자는 '얼굴'을 묻는다고 대답한 비율이 압도적으로 높았다.

성급히 결론 내지는 말자. 여자는 상대를 만날 때 조건을 보지만 남자는 외모만 본다거나(이건 둘 다 욕하는 말이다), 여자는 영악하고 남자는 순정파라거나(이건 남자들이 변명하는 말이다), 여자는 사려 깊고 남자는 동물적이라거나(이건 여자들이 손가락질하는 말이다) 하는 말은 전부 자기가 자기에게 손가락질하는 말이다. 자신이 바로 그런 사람을 좋아할 테니까 말이다.

라캉은 남녀의 성차에 관해서 이렇게 말했다. 첫째, 남자가 세상을 지배하는 상징적 질서에 종속되어 있는 반면 여자에게는 그 질서에서 빠져나가는 무엇인가 있다고. 여자에게는 무엇이라고 말해야 좋을지 알 수 없는(=상징적인 질서로 포획할 수 없는) 어떤 것이 있는 반면 남자에게는 그런 것이 없다고. 이것이 팜므 파탈의 기원이다. 남자는 자기가 모르는 여자에게서 매력과 공포를 동시에 느낀다. 둘째, 남성이 저런 질서에 포획되어 있는 것은 그런 질서를 거부하는 예외적인 한 남자에 대한 신화(이것을 '원초적인 아버지'라고 부른다)를 믿고 있기 때문이다. 반면 여자는 저 질서 바깥에 있을 수 있지만 완전하게 그 바깥으로 나간 여자는 없다.(그럴 수 있는 사람은 정신병자뿐이다.)

둘을 합치면 이런 결론이 나온다. 남자는 세상을 하나의 질서로 묶어주는 단 하나의 기준을 가지고 있으며 바로 그 기준("예쁘냐?"라는 질문)으로 여자를 포획하려고 들지만, 여자는 수많은 질문(남자들이 이해하지 못하는 바로 그 이유들)으로 그 그물망을 빠져나간다. 남자는 자기가 모든 여자에게 매력이 있다고 생각하지만(거울 앞에서 남자는 앞에서 말한 예외적인 남자, 곧 슈퍼히어로를 발견한다), 여자는 남자가 보기에 자신이 매력이 없다고 여긴다(거울 앞에서 여자는 자기보다 늙고 뚱뚱한 여자를 발견한다). 그러니 저 질문은 남자가 여자를 만나기 위해서 내건 조건으로 보이지만 실은 여자가 남자를 만나기 전에 처음부터 갖추고 있는 조건이다. 그녀는 예쁘고(남자가 속

한 질서에 여자도 속했으니까) 더해서 신비롭다(그 질서 바깥에도 속해 있으니까). 게다가 겸손하기까지!(남자의 눈으로도 자신을 보니까)

용례   그런데 "키는 커?"라는 질문은 전혀 신비롭지 않다. 이건 예쁘냐는 질문만큼이나 일률적이고 상투적인 질문이다. 내가 보기에 이는 여자의 맞대응이 아닐까 싶다. 네가 자꾸 예쁘냐고 묻는다면 나도 똑같은 방식으로 대응해주겠다는 얘기다. 움츠러들면, 바로 꼬마가 된다.

우리 얘기 좀 해 [우리 얘기 조매:]

겉뜻   대화를 제안함

속뜻   잘못을 추궁함

주석   남자가 가장 두려워하는 제안 가운데 하나가 바로 이
것, 얘기 좀 하자는 제안이다. 여자의 손에 잡혀 방 안으로 들
어갈 때, 남자들 눈빛 보셨는지? 털 깎이러 끌려가는 양의 눈
빛이다. 이 두려움에는 이유가 있다. 얘기가 어디로 가는지
모르고 결론이 어떻게 날지 모르기 때문이다.

　'남녀 대화 흐름도'라는 표가 있다. 남녀의 대화에는 두 가
지 예정된 코스가 있단다. ① 남자가 잘못했다 → 여자가 화
를 낸다 → 남자가 사과한다 → 여자가 "뭘 잘못했는지 알
아?" 하고 묻는다 → 남자가 우물쭈물한다 → 여자가 더 화를
낸다. ② 여자가 잘못했다 → 남자가 화를 낸다 → 여자가 더
화를 낸다 → 남자가 사과한다 → 여자가 "뭘 잘못했는지 알
아?" 하고 묻는다 → 남자가 우물쭈물한다 → 여자가 더 화를
낸다. 어느 쪽이든 둘은 분노의 무한 루프다. 이것은 실제의

대화라기보다는 남자의 두려움이 만들어낸 그림자 대화다. 남편은 대개 경제권을 쥔 가장이지만 대화에는 젬병이다. 대화에서 합리적인 결론이란 '올바름'(정의)이 인도하게 되어 있다. 그러니 그냥 대화에 몸을 맡기면 되는데, 가장은 그게 싫은 것이다. 저 도표는 대화를 극도로 싫어하는 남편의 공포를 반영한 것이다. 남자는 처음부터 주눅 들어 있다. 간혹 먼저 화를 내는 만용을 부리기도 하지만 결과는 똑같다. 남자는 자신이 미궁에 빠졌다고 느낀다.

사실 미궁labyrinth에는 입구와 출구가 있다. 한번 입구에 들면 아무리 복잡해도 모든 길을 에둘러서 출구로 나오게 설계되어 있다. 거기에 든 사람으로 하여금 길을 잃고 헤매도록 설계된 곳은 미궁이 아니라 미로maze다. 여자가 남자의 손을 잡고 들어갈 때, 여자에게는 함께 나올 출구가 있다. 그녀는 길고 복잡한 길을 통과해서 함께 결론에 이르려 한다. 반면 남자에게는 입구부터가 지옥의 아가리다. 그곳에 들면 얘기가 어디로 갈지, 어떤 난관이 기다리고 있을지 도무지 알 수 없기 때문이다. 방법은 하나다. 도무지 알 수 없음(불가해, 불가지)은, 인정하면 신비가 되고 부정하면 공포가 된다. "우리 얘기 좀 해" 하고 여자가 말할 때, "응, 나를 잘 인도해줘" 이렇게 말하면 된다. 둘은 손잡고 출구로 나오게 될 것이다.

용례　　① 사람들은 미궁에 들어가 괴물 미노타우로스를 해친 영웅 테세우스를 찬양한다. 사실 그가 한 일이라곤 아리아드네가 준 실타래를 갖고 가서 그녀가 일러준 대로 한 것뿐이다. 그녀의 인도가 아니었다면 그는 미궁에서 길을 잃고 미노타우로스에게 죽임을 당했을 것이다. ② 여자의 질문에 관해서는 「내가 왜 화났는지 몰라?」 편을 참조할 것. 그건 여자의 분노에 대해서 짐작하라는 요구가 아니다. 네가 어디 있는지에 관해서 돌아보라는 요구다.

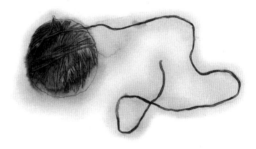

울다가 웃으면 똥구멍에 털 난다 [울다가 우스면 똥꾸멍에 털란다]

겉뜻   감정의 변화가 너무 잦으면 우스꽝스러워진다

속뜻   희로애락을 다 겪어야 어른이 된다

주석   어렸을 때 한 번쯤은 들어보았을 것이다. 역설을 기본 구도로 하는 말놀이다. '울다'와 '웃다'라는 모순된 감정이 동시에 표현된다는 것은 나지 않아야 할 곳에 난 털처럼 우스꽝스럽다는 뜻이다. 그런데 이 놀림, 어린아이들에게만 쓴다. 어른들 사이에서 똥구멍이나 털은 금기어다. 인접성의 원칙에 따르자면 저 털은 머리털이나 겨드랑이털일 수 없다. 그리고 어른들은, 정말로, 가끔 항문에 털이 나기도 한다. 따라서 이 농담의 진의는 이렇다. 네가 그렇게 울다가 웃는 것은 특별한 경험이 아니야. 어른이 되기 위해서는 슬픔과 기쁨을 모두 겪어야 해. 그 곤혹과 당혹과 매혹과 유혹을 다 거치면 너도 어른이 될 거야. 똥구멍에 털이 나게 되는 거야.

용례   황병승 시인이 「똥색 혹은 쥐색」이라는 시에서 "할머

니가 준 약과를 먹고 항문에 수북이 난 털"이라고 쓴 적이 있다. 할머니가 아껴서 건네준 약과를 먹고 어른이 되었다는 것, 나는 어른이 되어서도 할머니의 사랑을 기억한다는 뜻이다. 그런데 할머니는 왜 약과를 건넸을까? 약과의 색깔과 모양을 다시 보라. 멜라닌 색소와 촘촘히 모인 괄약근이 보일 것이다. 아이들은 꽃무늬를 보겠지만, 어른들에게 약과는 꽃모양이 아니다.

의리 [으리:]

겉뜻   사람이 살아가는 데 지켜야 할 바른 도리가 있음

속뜻   도리가 없음

주석   한동안 의리 열풍이 불었다. 〈투캅스〉 시리즈(1993
~1998)에 등장했던 김보성이 그때 그 선글라스를 끼고 예의
가죽점퍼를 입고 등장해서는 온갖 곳에서 의리를 외친다. 20
년 만에 재등장한 의리남을 국민들은 수많은 패러디물로 환
영했다. 그는 부활한 스타가 되어 CF계를 접수했다. 그가 의
리를 외치는 방법은 모든 '리' 자 앞에 '으' 자를 삽입하는 것
이다. 예를 들어 그는 한 식혜 광고에서 이렇게 외친다. 이것
이 우리 몸에 대한 으리, 신토부으리, 회오으리, 아메으리카
노, 에네으리기음료, 으리집 으리음료, 마무으리. 그러니까
여기에는 오래된 노래 하나가 겹쳐 있는 셈이다. 리리리 자로
끝나는 말은? 코끼으리, 잠자으리, 개구으리, 봉우으리, 유으
리 항아으리. 이로써 세상에 온갖 의리가 넘쳐나게 되었다.
    이런 음운 바꿔치기의 선구자는 조용기 목사다. 그는 'ㅅ'

을 '시'로 발음하는 특이한 발성법을 선보인다. 그의 입을 거치면 "사랑"은 "샤랑"이, "소망"은 "쇼망"이 된다. 이런 방법으로 그는 "예수님의 사랑"이 아니라 "예슈님의 샤랑"을 전하는 유포니euphony의 대가가 되었다. 유포니(우리말로는 활음조라고 한다)는 듣거나 말하는 데 유쾌한 소리로 발음하는 현상을 뜻한다. 현세의 고난 대신에 "현셰의 축복"을 강조하는 그분의 세계관은 듣기 좋은 말이 실제로도 좋은 말이라는 유포니식 믿음의 결과인지도 모른다.

그렇다면 "의리"를 "으리"로 발음한 것은 무슨 세계관의 표현일까? 김보성은 뉴스에 나와서 이렇게 말했다. "공익에 대한 의리, 타인을 생각하는 나눔의 의리로, 화합과 의리의 대한민국이 되었으면 좋겠다는 생각으로 의리를 외치는 것입니다." 사익이 아닌 공익을, 이기주의가 아니라 이타주의를, 분쟁이 아니라 화합을 추구하다니 얼마나 멋진 말인가? 그러나 실제로 이 말이 쓰이는 문맥은 이런 소망과는 정반대다. 우리가 이 말을 제일 많이 듣는 곳은 조폭 영화에서다. 헤이, 부라덜. 우리는 으리에 살고 으리에 죽는 거여. 역시 의리를 외치는 보성댁 이국주는 말한다. "의리 열풍은 정의가 사라진 시대에 정의에 대한 목마름 때문이다." 그런데 과연?

<u>용례</u> ① 새누리당 전당대회에 당대표 후보로 출마한 양강 서청원, 김무성 의원의 출사표에도 의리는 빠짐없이 등장했다. "30년간 정치하면서 의리를 저버리지 않았다."(서청원) "의리를 목숨처럼 여기고 정치 인생의 신조로 삼았다."(김무성) 이분들이 그토록 성스럽게 지킨 의리의 대상은 누구였을까? 문맥을 보니 국민은 아닌데? ② 〈투캅스〉에서 김보성의 복장은 형사보다는 폭주족에 가까운 것이었다. 그러고 보니 20년 만의 복귀에는 달라진 점이 있다. 한결 후덕해진 몸매 말이다. 그때나 지금이나 그의 외침과 비주얼 사이에는 격차가 있었던 건데, 이것은 의리의 본뜻과 실제 쓰임새 사이의 격차를 증언하는 것이 아닐까? 우울한 일이지만 이 나라의 의리는 땅에 떨어졌으며, 남은 것은 패거리들의 이해관계뿐이다. 사으리사욕을 추구하는 패거으리들의 으리 말이다. ③ 그렇지 않다면 유민 아빠의 순결한 의리를 저렇게 짓밟고 모욕할 수는 없다.

이건 비밀인데…… [이건: 비미린데:]

겉뜻   '오프 더 레코드'를 요구함

속뜻   지금부터 하려는 말이 매우 중요하다는 걸 표시하는

        강조 어법

주석   대화 도중 그가 갑자기 목소리를 낮춘다. "이건 비밀
인데……." 비밀이라고 하면서 그는 왜 말하는 걸까? 비밀은
알려지지 않아야 비밀이 아닌가? 일시에 열린 귀들을 앞에 두
고 그는 열어선 안 되는 봉인을 바야흐로 풀어내려는 참이다.

비밀의 본성을 말해주는 이야기로 「임금님 귀는 당나귀
귀」만 한 게 없다. 아는 자는 발설해야 하고(이발사는 말하지
않으면 불치병에 걸린다), 비밀은 누설되어야 하고(이발사가 말
하지 않으면 대밭이 대신 말할 것이다), 들을 자는 들어야 한다
(결국 모든 이가 비밀을 알게 된다). 어째 성경 말씀 같지 않은
가? 예수가 예루살렘에 입성할 때 사람들이 호산나를 연호하
며 그분을 환영했다. 바리새인들이 시끄럽다고, 예수더러 말
려달라고 하자 예수는 이렇게 대답한다. "만일 이 사람들이
잠잠하면 돌들이 소리 지르리라."(『누가복음』19장 40절) 예수

는 여러 곳에서 비유를 들어서 설교를 한 후에 이렇게 덧붙이기도 했다. "들을 귀 있는 자는 들을지어다."(『누가복음』 8장 8절) 비밀이란 이런 것이다. 사람들이 말하지 않으면 대나무건 돌이건 말해야 하는 것. 다시 말해서 반드시 누설되어야 하는 것. 혹은 그게 비밀이라는 것을 눈치챈 자들(귀 있는 자들)에게는 반드시 들리게 되어 있는 것. 비밀은 만인에게 알려지는, 알려질 수 있는, 알려져야 하는 이야기다.

이것은 비밀이 사후적인 것이기 때문이다. 무덤까지 가지고 가는 비밀은 없다. 그런 비밀은 완벽하게 잊히므로 더 이상 비밀이 아니다. 비밀을 비밀로 대우하기 위해서는 그것을 발설해야 한다. 다시 말해서 비밀은 알려져야만 비밀이다. 이것이 구미호 이야기의 역설이다. 구미호가 옆 사람들의 간을 파먹고 나서 피 묻은 혀를 날름거리며 사내를 협박한다. 살려줄 테니 1000일 동안 아무에게도 말해선 안 된다고. 구사일생으로 목숨을 건진 사내는 자신을 따라온 예쁜 색시와 결혼해서 행복하게 산다. 약속한 기한인 1000일을 하루 앞두고 사내는 그 무서운 비밀을 아내(실은 구미호)에게 발설하고야 만다.

사내가 산통을 깬 걸까? 사내가 제3자에게 얘기를 했다면 누설이 맞다. 하지만 사내는 구미호에게 구미호 얘기를 했으니 사실은 비밀을 누설하지 않았다. 구미호가 이미 그 얘기를 알고 있었으니까. 1000일은 영원의 다른 표현이다. 구미호는 그 얘기가 영원히 알려지지 않기를, 더 이상 비밀이 되지 않기를 바랐던 거다. 그런데 사내가 자신에게 비밀을 되돌려줌으로써 그것을 비밀로 만들어버렸다. 사내는 비밀을 누설해서 관계를 망친 게 아니라, 비밀을 비밀로 만들어서 관계를 망친 것이다. 아, 이미 그것이 비밀임을 알았는데 어떻게 말하지 않고 버틸 수 있다는 말인가?

<u>용례</u> "이건 비밀인데……"라는 말을 들을 때 우리는 귀를 쫑긋 세운다. 임금님이 아니라 우리 자신이 당나귀 귀를 하고 있었던 것이다. 비밀은 그 비밀을 듣는 이를 비밀의 주인공으로 만든다.

이 안에 너 있다 [이 아네 너: 이따]

겉뜻   널 좋아해

속뜻   내 말 좀 들어

주석   2004년에 종영했으니 벌써 10년도 더 된 드라마다. 〈파리의 연인〉에서 강태영(김정은 분)을 좋아하던 윤수혁(이동건 분)이 어느 날 자기 가슴을 가리키며 저 대사를 날린다. 고백하는 방법으로 손발이 오그라들게 했다는 점에서 (「방법이 없네」편에서 보았듯) 산수유라도 먹어야 했을 것 같지만, 당시 여성들 꽤나 설레게 한 말이었다. 물론 지금도 저 말을 써먹는 이들이 있다.

    문제는 그때 태영이 한기주(박신양 분)와 사귀는 사이였다는 데 있다. 삼각관계에서 신분 상승(기주는 재벌, 태영은 프리티 우먼이다)을 거쳐 출생의 비밀(기주와 수혁은 삼촌·조카 관계였지만 알고 보니 형제 관계였다)에 이르기까지, 우리에게 익숙한 수많은 코드로 촘촘히 짜여 있던 이 드라마는 저런 로맨틱한 고백을 때마다 툭툭 던져주었다. 적절치 않은 관계에서 적절치 않은 방식으로. 저 고백 후에 수혁은 삼촌(실은 형)을 향한 애증과 질투심으로 둘을 나락에 떨어뜨린다. 여전히 불안하고 여전히 순한 심성으로.

로맨틱 멜로드라마였으나 이 구도는 사실 치정극의 구도다. 수혁을 보자. 애인 있는 사람을 좋아하는 건 짝사랑이지만 그 사이에 직접 끼어드는 사람은 불청객이다. 그 끼어듦이 강압적일 때에는 스토커가 된다. 사랑에서 소외된 자의 복수담이라면 이건 당연히 치정극이다. 태영을 보자. 제3자의 고백을 받고 거절하지 않으면 양다리가 되고 거절하면 삼각관계 자체가 무너진다. 수혁의 고백이 매력적이었다면 그건 그 말을 들은 태영의 내면이 흔들렸다는 뜻이고, 이때 드라마는 치정극으로 치닫는다. 유일한 해결책은 저 말에 마음이 흔들리되 몸까지 따라 흔들리지는 않는 것이다. 위태로운 줄타기다.

저 고백, 사실은 매우 센 고백이다. 내 안에 너 있다니깐. 그건 이런 뜻이야. 첫째, 나는 널 가두었다. 너는 내 늑골이 만든 새장 속의 새다. 가긴 어딜 가. 둘째, 내 앞에 있는 너는 내 안의 너가 아니야. 나는 내가 보고 싶은 사람을 내 안에 두고 꺼내 본다. 딴 사람 기웃거리는 너, 마음에 안 들어. 셋째, 내 안에 넣을 만큼 너는 조그마하다. 너는 내 손아귀에 있어. 까딱하기만 해봐라. 게다가 이런 거친 역할을 맡은 인물이 내 그

이보다 더 잘생기고 젊은 미소년이라면? 그렇다면 이 드라마의 갈등 구도는 이런 것 아니었을까? 돈이냐, 사랑이냐. 기주의 다이아몬드냐, 수혁의 사랑이냐.

용례   실제로 이 구도는 〈들장미 소녀 캔디〉에서 『아르미안의 네 딸들』에 이르기까지, 여성 판타지의 전형적인 공식이기도 하다. 한편에는 나를 섬세하게 배려하는 훈남이 있다. 다른 편에는 거칠고 야성적인 육식남이 있다. 그러니까 이 구도는 이성에게 느끼는 두 가지 매력의 표현인 셈이다. 〈프리티 우먼〉에 삼각관계를 더하다니, 역시 한류 드라마다.

자기야 [자기야:]

<u>겉뜻</u>　애인을 다정하게 부르는 호칭

<u>속뜻</u>　애인을 간절하게 부르는 호칭

<u>주석</u>　세상의 지도를 만드는 방법이 축척을 쓰는 것이라면 마음의 지도를 만드는 방법은 인칭을 쓰는 것이다. 나(1인칭)와 너(2인칭)를 거리의 기본단위로 삼고, 다른 모든 사람과 사물(3인칭)의 거리를 거기에 비추어 측량하면 된다. 사랑이 그토록 중요한 것도 그 때문이다. 마음의 세계를 측량하는 데 필요한 기본 척도는 나와 너를 잇는 선분이며, 사랑이 그 최초의 선분을 긋게 해준다.

　이 선분의 저쪽 끝에 네가 있다. 너의 변형인 '당신'은 본래 2인칭으로 듣는 사람을 보통으로 높이는 말투('하오체'라고 부르지만 요즘 이렇게 말하는 사람이 있다면 다들 신기하게 쳐다볼 것이다)에서 쓰지만, 부부 사이에서 존중의 뜻을 담아서 쓰기도 하고 말싸움할 때 낮잡아 이르는 뜻을 담아서 쓰기도 한다. 당신은 '當身'이다. 내 앞에서 내 말을 감당하고 있는 바로 그 몸

이라면 좋건 싫건 다 당신이다. 게다가 당신은 3인칭으로도 쓴다. 앞에서 이미 말한 적 있는 사람을 높여서 부를 때에도 당신을 쓰는데, 이때의 당신은 '자기'의 높임말이기도 하다.

한편 자기는 '그 사람 자신'이라는 뜻을 가진 명사이거나 바로 앞에서 말한 사람을 가리키는 3인칭 대명사다. 자기는 '自己'다. 그 자신에게서 생겨나거나 비롯한 것이라면 모두 자기다. "자기야"라는 호칭은 3인칭인 자기가 애인을 가리키는 2인칭으로 전환된 것이다. 흔히 이 호칭이 상대방을 내 자신(=자기)처럼 사랑해서 부르는 말이라고 해석하지만 잘못이다. 자기는 1인칭으로 사용된 적이 없다. 애인을 자기라고 부르는 것은 애인이 내 것이라거나 나 자신만큼 소중해서가 아니다. 애인은 그 사람 자신이며, 바로 그 사람일 때에만 자기가 된다.

그러니까 나와 당신을 잇는 선분은 2인칭인 그 사람 자신에게서만 비롯되는 '자기'(=그 사람으로부터)이자 내 앞에 있는 바로 그 사람인 '당신'(=내 앞에 서 있는 이 사람)과 나를 잇는 핫라인이다. 컴퍼스에 비유하면 될까? 나는 금을 긋는 중심이지만 가만히 있을 뿐 아무것도 하지 않는다. 거리와 각도를 재는 것은 당신의 몫이다. 당신이, 당신 자신에게서 비롯한 힘으로, 그도 되고 그녀도 되면서, 세상을 두루 재는 것이다. 내가 당신을 부르는 것은 그 힘에 대한 찬탄이기도 하다. 자기야, 그대의, 그대에 의한, 그대를 위한 이름아.

_{용례}　〈개그콘서트〉의 '엽기적인 그녀' 코너에서 황 마담(황 승환 분)은 늘 코맹맹이 소리로 "자, 자, 자, 자기야"를 외치곤 했다. 그 말은 내게 산스크리트어로 된 진언 "타, 타, 타"를 떠 올리게 한다. 저 말이 사물의 '있는 그대로'를 뜻하는 '타타 타'에 미치지 못할 이유가 없다. 이것은 "자(모든 것의 '개시'를 선언하는 말), 자(만물의 척도尺임을 선언하는 말), 자(우주의 휴 식—잠—을 선언하는 말), 자기야(그 모든 게 당신 자신에게서 비 롯함을 선언하는 말)"로 이루어진 진언이 아닐까?

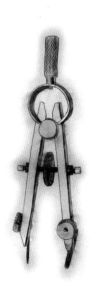

잠깐 쉬었다 가자 [잠깐 쉬얻따 가자:]

겉뜻   잠시 휴식하자

속뜻   여기서 살자

주석   회식은 무섭다. 여기저기서 폭탄이 터지기 때문이다.
소주와 맥주와 양주를 섞어서 만든 폭탄은 메가톤급이어서
방금 먹은 저녁까지 도시락폭탄으로 만든다. 까딱 잘못하면
화장실에 가기도 전에 터져서 부장님 구두를 양변기로 만든
다. 밑이 막힌 양변기가 방문 앞에 나란히 늘어서 있다. 먹일
때에는 "술이 들어간다, 쭈욱 쭉 쭉 쭉" 합창을 하더니, 언제
까지나 어깨춤을 출 것 같더니 지금 그녀는 팽개쳐진 부대 자
루다. 1차가 끝나고 2차가 끝나고 노래방이 끝날 때까지 그
녀는 한구석에서 조용하다. 그래도 감자에 싹이 나고 잎이 나
서…… 주먹과 가위와 보자기가 흩어질 때는 언젠가 온다.
    비밀 연애의 약점은 저런 때 말리지 못한다는 것. 지금 그
녀를 업고 가는 그는 잡채를 생각하는 중이다. 그녀의 긴 머
리는 당면 가닥 같다. 길고 매끄럽고 윤기가 난다. 쇠고기 조

각이 조금, 양파 조각이 조금 묻어 있다. 아까 폭탄의 흔적이다. 머리카락 사이로 얼비치는 붉은 빛은 가늘고 길게 썬 당근의 그 빛이다. 사내는 참기름 대신 땀을 흘리며 생각한다. 여기 어디였는데? 모퉁이를 돌면 '특급' 표시가 있을 텐데? 그는 지금 아주 급하다. 특급이다. 그곳 이름은 홀인원쯤이 좋겠다. 아까도 그토록 자주 "원샷"을 외쳤으니까. 한 번에 털어 넣었으니까.

그러나 이 길은 도시 괴담에 나오는 그 길과 비슷하다. 길은 끝날 생각이 없고 그녀는 잘못 업은 할머니 귀신처럼 점점 무거워진다. 설상가상으로 그는 미로에 든 것 같다. 이러다가 새벽이 오면 어쩌지? 아니, 그녀가 깨지 않으면 어쩌지? 그녀를 세워놓고 말을 걸어야 하는데, 잠깐 쉬었다 가자고 제안해야 하는데. 그녀는 잡채처럼 너무 빨리 쉬었다. 저렇게 쉬었다간 정작 쉴 곳에서 쉬지 않을 텐데.

쉬었다 가자는 말, 농담처럼 던지는 말이다. 넘어진 김에 쉰다는 말도 있으니까. 어? 힘든 길 끝에 쉴 곳이 있네? 참새에겐 방앗간이 있고 연인에게는 여관이 있지. 그런데 실은 이말, 너무 노골적이어서 뼛속까지 환히 비치는 말이다. 쉬는 건 잡채로 족하다. 그는 지금 중노동을 생각하고 있다. 그런데 세상에서 제일 힘든 노동은 그가 생각하는 그 노동이 아니다. 최고의 중노동은 바로 손만 잡고 자는 일이다. 그러니 쉬었다 가자는 말, 전혀 농담이 아니다. 그의 속내와 상관없이 이 말은 그녀를 위해 가장 힘든 노동을 하겠다는 말이다. 나아가 가장의 역할을 하고 싶다는 말일 수도.

용례 ① 영화 〈색즉시공〉에서 현희(함소원 분)는 오바이트한 입으로 달환(조달환 분)에게 기습적인 키스 세례를 퍼붓는다. 고백이나 키스가 폭탄의 일종이라는 걸 웅변하는 엽기적인 장면이다. 폭탄주와 도시락폭탄처럼 입술도 한 번에 터진다. 요플레처럼 달콤하게 혹은 시큼하게. ② 사랑의 순간은 늘 영원을 담보한다. 첫 키스의 순간은 평생에 걸쳐서 반복되는 무한한 순간이다. 마찬가지로 저 "잠깐"이 한 시간이 될지, 하룻밤이 될지, 평생이 될지는 아무도 모른다.

저의 어머니가 확실합니다 [저이 어머니가 학실함니다]

<u>겉뜻</u> '내가 니 에미다'와 호응하는 표현

<u>속뜻</u> '다리 밑에서 주웠어'와 반대되는 표현

<u>주석</u> 〈우정의 무대〉를 기억하시는가? 1989년부터 1997년까지 MBC가 제작한 군인 위문 예능 프로그램이다. 전국의 군부대를 돌면서 방송을 진행하였는데 포맷은 일정했다. 첫째, 초대 가수의 공연. 관객들의 호응을 고려해서 주로 젊은 여성 가수나 걸 그룹을 섭외했다. 둘째, 휴가증을 놓고 벌이는 군인들의 장기자랑. 주로 막춤이나 촌극이 사랑을 받았다. 셋째, 해당 군부대의 홍보 영상. 주로 얼굴에 검은 칠을 하고 기와를 깨거나 군기가 바짝 든 채로 총질을 했다. 넷째, 애인과의 면회. 부대장이 즉석에서 외박증을 끊어주면 다들 신음소리를 냈다.

이 프로의 하이라이트는 '그리운 어머니' 코너였다. "엄마가 보고플 때 엄마 사진 꺼내놓고 엄마 얼굴 보고 나면 눈물이 납니다." 이런 노래로 분위기를 잡고, 사회자의 신파조 멘

트가 이어진다. "어머님의 잔소리가 그렇게 싫었는데 이제는 그 목소리가 그렇게 듣고 싶고, 설거지에 빨래에 어머님 손이 마를 날 없었는데 지금 어머님 습진은 다 나았는지……" 이 정도 말만 들어도 이미 여기저기서 훌쩍임이 시작된다. 장막 뒤로 어머니의 모습이 얼비치면 사병들이 무대 위로 뛰어 올라온다. 장막 뒤의 어머니가 자신의 어머니라고 주장하는 병사들이 입을 모아 외친다. "저의 어머니가 확실합니다!"

〈우정의 무대〉는 우리 사회의 모순들을 모아서 만든 이상한 극장이다. 프로그램 제목이 내세우는 덕목은 '우정'이며, 사회자가 경례할 때 내세우는 구호는 '충성'인데, 무대 위의 공연이 보여주는 콘셉트는 '섹시'이고, 하이라이트 장면에서 요구되는 감정은 '모성애'다. 거기에 홍보 영상 속 사병들이

내보이는 저 눈빛은 적의 어떤 도발에도 단호히 대처하겠다
는…… '살기'다. 이것은 우리 사회가 어떤 방식으로 삶의 덕
목을 왜곡하는지를 보여주는 것이기도 하다. '우정'이란 이성
애가 금지당한 폐쇄적 공동체를 지칭하고, '충성'이란 그 공
동체가 아무리 떠들썩하다고 해도 실제로는 군기로 유지된
다는 사실을 상기시키며(실제로 좀 '심하게' 놀았던 사병들은 영
창에 다녀오기도 했다), '섹시'는 피 끓는 청춘들에게 제공해야
할 시청각 재료이고, '모성애'는 저 용맹한 군인의 이면에 엄
마 품속의 어린아이가 있다는 것을 보여준다. '살기'는……
군이 말할 필요 없겠지.

하지만 "저의 어머니가 확실합니다"라는 저 단언에는 일말
의 진실이 숨어 있다. 모든 게 망가진 자리란 자신의 근원마
저 부정된 자리다. 아버지가 내게 "다리 밑에서 주웠어"라고
말 건네는 바로 그런 자리 말이다. 그때 우리는 최초의 근원
을 상기해야 하며, 그래서 있는 힘껏 외쳐야 한다. 어머니가
보이지 않아도 어머니는 있다고, 저 장막 뒤에 있는 분은 내
어머니가 확실하다고.

용례　　① 그 뒤에도 〈청춘! 신고합니다〉나 〈진짜 사나이〉 같
은 프로가 뒤를 이었다. 하지만 어떤 프로도 〈전국노래자랑〉

을 이길 수는 없었다. 전국의 군부대를 돌며 장병들하고만 노는 프로가 전국을 돌며 모든 주민들과 노는 프로를 어찌 당해낼 수 있겠는가? 노는 물도, 스케일도 다르다. ② 2014년 7월 25일, 국과수 원장이 순천에서 발견된 사체는 유병언 씨가 확실하다고 밝혔다. 어떤 이가 발표를 끝낸 원장의 눈에 눈물이 맺혀 있었다고 지적했다. 실제로 눈물이 났는지는 알 수 없으나, 나는 그게 저 말 때문이라고 생각한다. 저 뒤에 누운 이는 유병언이 확실합니다. 좀 그림이 안 되지 않는가? 아무리 눈물이 나도 그렇지, 장막 뒤에는 어머니만 있어야 한다.

전생에 나라를 구했나 봐 [전:생에 나라를 구핻나바:]

겉뜻 잘생긴 애인이나 배우자를 둔 사람을 축복함

속뜻 그 사람의 잘생긴 애인이나 배우자를 저주함

주석 절세미인이나 엄친아를 애인으로 둔 사람들이 흔히 듣는 말이다. 쟤는 전생에 나라를 구했나 봐. 구국에 대한 보상으로 멋진 짝을 얻는다고? 어째 좀 억울한 것 같기도 하고 낭만적인 것 같기도 하다. 나라와 한 사람을 교환하다니 이렇게 손해 보는 장사가 어디 있겠는가? 하지만 그이를 위해서라면 기꺼이 나라를 버리겠다니 이보다 낭만적인 게 또 어디 있겠는가? 낙랑국과 서동왕자를 교환한 낙랑공주, 트로이와 헬레네를 교환한 파리스의 선택이 다 그랬다.

그들은 불멸의 사랑을 선택했지만 그 때문에 나라는 쫄딱 망했다. 이 부등가교환이 전생 타령에도 스며들어 있다. 우리는 바로 되물어야 한다. 쟤가 전생에 나라를 구했다고? 쟤가 횡재한 거라면, 그럼 쟤 애인은 전생에 나라를 팔아먹었냐? 전리품으로 전락한 애인 말이야. 구국의 영웅과 매국노의 만

227

남이라니, 도대체 전생에 무슨 일이 있었던 거냐고. 현세의 삶이 특별한 축복이나 저주 아래 있다면 그것은 모두 이전 삶의 결과일 것이다. 따라서 이때 말하는 전생이란 '알려지지 않은 원인'이라는 뜻이다. 우리는 모르지만 여하튼 이 축복이나 저주에는 무슨 사연이나 곡절이 있을 테니까. 이렇게 본다면 그 원인이 알려지지 않은 축복의 옆에는 동일한 저주가 있다.

요네하라 마리가 채집한 유머 중에 이런 게 있다. 반공이 득세하던 시절의 유머다. 브레즈네프 서기장이 죽어서 지옥에 갔다. 악마가 그에게 형벌을 고를 권한을 주었다. 첫 번째 방에서는 레닌이 바늘 더미 위에 앉아 고통스러워하고 있었다. 두 번째 방에서는 스탈린이 끓는 가마솥 안에서 비명을 지르고 있었다. 그런데 세 번째 방에서는 흐루시초프가 메릴린 먼로를 껴안고 있었다. 브레즈네프가 세 번째 벌을 받겠다고 했다. 간수가 고개를 저으며 말했다. "아니, 저건 흐루시초프가 아니라 메릴린 먼로가 벌을 받는 거야." 한 사람에게 축복이 다른 사람에게는 저주가 되는 사정이 그와 같다. 그러니 우리는 이렇게 말해야 한다. 전생에 나라를 구해서 지금 애인을 만난 거라고? 그건 지금 애인을 만나기 위해서 전생에 나라를 버렸다는 말과 똑같은 거야. 흥. 그이를 위해서 나라도 버리겠다니. 그러지 말고 제발 나를 구하라고. 나라

타령 그만하고.

전생이 '알려지지 않은 원인'이라면 재벌 3세들은 전생에 큰일을 했음에 틀림이 없지만, 이 '알려지지 않은 원인'을 다르게 표현할 수도 있다. 말과 실제는 원래 다른 것이며 우리는 누구나 이게 다르다는 것을 안다. 둘을 구분하지 못하는 게 정신병의 특징이다. 귀신을 상상하면 눈앞에서 귀신이 출현하는 거다. 한동안 '땅콩 회항'이라는 말이 유명했다. 땅콩 안 까줬다고 "비행기 돌려!" 이러면 비행기가 돌아갔다는 거다. 세상에, 말과 실제가 일치하는 삶을 살고 있었구나, 그녀는.

정말 미안하다 [정말 미아나다:]

겉뜻   잘못했다는 사과

속뜻   그만하라는 명령

주석   지난 지방선거에서 화제의 인물은 단연 고승덕 후보였다. 서울시 교육감으로 출마한 그는 높은 인지도 덕택에 1위를 달렸으나, 3위로 레이스를 마치고 말았다. 다른 요인도 있겠으나 친딸의 폭로가 큰 영향을 끼쳤다는 평가다. 친딸도 나 몰라라 해온 인물이 어떻게 서울의 교육을 책임질 수 있느냐는 딸의 항변은 강력한 설득력을 지니고 있었다. 그런데 정작 화제가 된 것은 그의 동영상이었다. 딸의 폭로를 공작 정치로 맞받아치던 그는 딸이 반박 글을 올리자 거리 유세 중에 딸에게 사과했다. "못난 아버지를 둔 딸에게 정말, 미안하다!" 이 동영상과 보도사진이 패러디의 대상이 되어 수많은 작품을 낳았다. 그 작품들을 분류해보려고 한다.(물론 이것은 패러디물의 의미이지 그의 의도는 아닐 것이다.)

먼저 록 콘서트 버전이 있다. "못난, 아버지를, 못난, 못난,

아버, 아버……"로 이어지다가 마지막에 "미안하다" 하고 내지르는 작품이다. 이것은 고 후보가 저 말을 샤우팅 창법으로 처리했기 때문에 가능했다. 한국어도 "미안하다"의 각 음절을 격음으로, 쳇소리를 섞어 낼 수 있다는 것을 그는 보여주었다. 그는 사실 화가 났던 게 아닐까? 둘리의 마이콜, 디제이, 동네 노래방 버전도 이 범주에 든다.

다음으로 히어로물 버전이 있다. 〈엑스맨〉의 여러 인물(울버린, 매그니토, 스톰, 싸이클롭스), 토르, 나루토, 헐크 등으로 변신한 사진들이다. 그는 영웅의 자세를 취하고 있으며 그 동작으로 적을 베고 쇠붙이를 모으고 폭풍우를 일으키고 빔을 쏘고 망치를 휘두르고 나선환을 만들고 화를 낸다. 고 후보가 "미안하다"를 지나치게 연음하고 있었던 것도 이렇게 보인 한 원인이다. 이상하게도 그의 발음은 "미아, 나다"로 들렸다. 그는 이런 말을 하고 싶었던 걸까? 너는 미아迷兒야. 그리고 나는 나야.

스포츠 경기 버전도 있다. 이 버전에서 그는 농구 선수가 되어 미들 슛을 쏘고, 통키가 되어 불꽃 슛을 쏘고, 홍명보가 되어 엔트으리를 외친다. 그가 치켜든 왼손은 슛을 하거나 스파이크를 하기 위한 것이다. 그는 어쩌면 저 동작으로 적의 공격을 막으려고 했던 걸까?

끝으로 두더지잡기나 투명 인간 버전이 있다. 수많은 그가 두더지 굴에서 출몰하거나 옷과 마이크만 남은 사진이다. 이 버전은 사진 속 인물이 딸에게 사과를 하는 아버지가 아니라는 의도를 숨기고 있다. 사실 처음 문장은 꽤나 이상하다. 그는 "딸아, 미안하다"라고 말했어야 했다. "못난 아버지를 둔 딸에게, 미안하다"라니, 그는 자신을 3인칭으로 만들어서 숨기고 있는 것인가? 저 말은 "세상의 모든 못난 아버지를 둔 딸에게"라는 뜻으로 읽힌다. 그는 물타기를 하려는 것이었을까? 왜 나만 갖고 그래? 아들은 건드리지 말랬더니, 딸을? 아니, 딸이!

용례   패러디는 패러디의 대상을 호감 있는 인물로 만드는 부작용이 있다. 예방 차원에서 마지막 버전을 소개한다. 자동차 뒷유리에 붙은 패러디물이다. "못난 앞차를 둔 뒤차에게 정말, 미안하다!" 추월해서 먼저 가라는 소리다.

좋은가 봉가 [조응가봉가ː]

<u>겉뜻</u>   "좋은가 봐"라는 추측

<u>속뜻</u>   "너무 좋아"라는 고백

<u>주석</u>   2013년 〈아빠! 어디 가?〉라는 예능 프로에서 여덟 살 윤후가 했던 말이다. 꼬마는 '지아가 나를 좋아하나 봐'를 "지아가 나가 좋은가 봉가"라고 말했다. '~아가 나가' '~응가 봉가'에 담긴 리드미컬한 파동波動이 사랑의 설렘에도 들어맞아서 이해 최고의 유행어로 등극했다. 이 설렘에 대해서 생각해보자.

설렘에는 세 가지 뜻이 있다. 이 말을 사람의 마음에 쓰면 '마음이 가라앉지 않고 들떠서 두근거리는 상태'가 된다. 사람의 동작에 쓰면 '가만히 있지 않고 자꾸 움직이는 일'이 되며, 사물에 쓰면 '물 따위가 슬슬 끓어오르거나 일렁이는 모양'이 된다. 그러니까 누군가를 생각하며 설렌다는 것은, 내 안에서 무엇인가 자꾸 분주하게 움직인다는 것이며, 마음이 끓는 물처럼 부글부글 끓어오르기 직전이라는 뜻이다. 안에

서 움직이면 밖에서도 움직인다. 설렘은 몸과 마음을 부산스럽게 만든다. 그런데 그토록 바쁘게 움직이고 나서도 결과는 처음과 별로 다르지 않다. 그런 점에서 설렘은 강박증자의 증상과도 비슷하다. 오기로 한 전화가 있을 때, 강박증을 가진 이는 울리지 않는 전화벨 소리를 내내 기다리다가 의심에 사로잡힌다. 혹시 전화기가 잘못 놓인 게 아닐까? 그래서 수화기를 들었다가는 이내 생각이 미친다. 내가 수화기를 든 동안 전화가 오면 어떡하지? 그 결과로 강박증자는 수화기를 들었다 놓았다 하는 행동을 수도 없이 반복한다. 그 동작은 무의미해 보이지만 대신에 그를 바쁘게 만들며, 그렇게 바쁜 몸과 마음을 만들어준다는 점에서 의미가 있다. 설렘에 사로잡힌 사람도 그렇다.

이것은 물이 끓어오르기 직전의 뜨거움과도 비슷하다. 곧 무슨 일이 벌어질 거라는 예감, 마음의 저 아래에서 대류가 일어나듯 조만간 뭔가 솟구쳐 오를 것이라는 징조, 그게 설렘이다. 『생각하는 연필』에서 나는 윙크에 관해 이렇게 썼다. "눈꺼풀은 몸이 우리에게 선물한 이불입니다. 그것도 두 장이나 되죠. 윙크는 그 사람에게서 이불 한 장을 뺏는 일입니다. 오늘밤 그는 편히 자기 틀렸어요." 잘 때는 눈을 감는다. 그런 의미에서 눈꺼풀은 이불이다. 윙크는 한쪽 눈을 감는 것이지만, 더 정확히는 한쪽 눈을 얼른 감았다가 얼른 뜨는 것이다. 아침마다 어머니가 휙 열어젖히는 이불과도 같다. 해가 중천이다. 학교 늦겠다. 냉큼 일어나지 못해? 설렘은 바로 그런 윙크다. 오늘밤은 길고 긴 불면이 되겠지. 이불 한 장을 뺏겼으니 잠자리가 편할 리 없다. 그 사람은 오늘밤 전전반측輾轉反側이 무슨 뜻인지를 배우겠지.

그러니까 설렘은 언제나 저런 리듬에 실려서 오는 것이다. "지아가 나가 좋은가 봉가." 지아가 한 번 출렁, 내가 한 번 출렁. 지아는 주어, 나는 목적어가 아니다. 지아도 주어, 나도 주어. 네가 좋은가? 나도 그런가 봉가!

용례   ① 본래 항문 성교를 뜻하던 '봉가봉가'는 수캐가 사람이나 사물, 인형 등에 대고 교미 흉내를 내는 것을 뜻하는 말로 전환되었다. 발정기는 몸의 리듬을 주체할 수 없는 시기다. 그것이 무엇이든, 올라탄 것은 리듬의 대상이 된다. ② 일본어로 문화文化 혹은 분과分科를 뜻하는 'ぶんか'의 발음도 "봉가'다. 그 리듬이 문화 일반의 기초이자 학제의 편성 원리라는 뜻이다. ③ 〈닌자 거북이〉의 구호 가운데 하나가 '코와봉가'다. 이 말은 본래 영어로 '카우어벙거Cowabunga'이며, 서핑에서 파도를 잘 탔을 때 내는 소리다. '자, 가자!' '출동' 정

도의 뜻이다. 당연하다. 설렘이야말로 모든 사랑의 시작이니까. ④ 싸이의 노래 〈젠틀맨〉에 나오는 "알랑가 몰라"도 크게 히트했다. 여기에도 '알랑~ 몰라'라는 리듬이 숨어 있다. 하지만 이 말이 히트한 이유는 다른 데 있다. 「아몰랑」 편을 참조하라.

지금 무슨 생각해? [지금 무슨 생가케:]

겉뜻   내 생각만 하라는 명령

속뜻   생각 좀 하고 살라는 명령

주석   특정 유형의 사람이나 유명인의 뇌 구조 분석 그림이
인터넷에 무수하게 떠돈다. 실제 MRI나 CT 사진을 말하는 게
아니다. 사람의 옆모습 실루엣에 그 사람이 생각했음 직한 주
제를 말풍선처럼 그려 넣은 그림이다.

예를 들어 커플 여행을 가기로 한 남자의 뇌 구조를 영역
이 넓은 순서로 기록하면 이렇다. '오빠 믿지?' '초지일관 스
킨십' '지나가는 쭉빵걸 탐색' '술 먹이려는 생각' '뱃살 걱정'
'로맨틱한 멘트 날릴 준비' '숙소 탐색'. 중간중간 깨알같이
(정말 깨알만 하다) 이런 생각이 박혀 있다. '여행 경비' '바캉
스 패션' '프로야구 경기 결과 궁금'. 여자의 뇌 구조는 이렇
다. '안 돼요, 돼요, 돼요……' '초지일관 화장발' '수영복 패
션' '뱃살 걱정' '엄마에게 뭐라고 말하지?' '오늘의 드라마 내
용' '낭만적인 여행에 대한 기대'. 깨알들로는, '여행 경비' '방

향 감각' '제모 언제 했더라?' 이 유행은 식을 줄을 몰라서 지금도 무수하게 새 그림이 생겨난다. 걸 그룹 인기 지도가 더 창의적이지만, 활용 가치는 비교할 게 못 된다. 걸 그룹 지도는 판타지 장르이지만 뇌 구조 그림은 리얼리즘 장르이기 때문이다.

인간은 책략의 동물이다. 마음속의 의도와 실제 행동 사이에 양파처럼 여러 겹의 전략을 펼 수 있는 동물은 인간밖에 없다. 이것을 의도성의 여러 차원이라고 부른다. 이런 식이다. "나는 엄마가 해준 찌개를 먹고 싶어."(1차 의도성. 자신의 의도를 직접 진술하기) "내 아들이 내가 해준 찌개를 먹고 싶어 하는 것 같아."(2차 의도성. 타인의 의도를 짐작하기) "엄마는 내가 당신의 찌개를 먹고 싶어 한다고 생각하는 것 같아."(3차 의도성. 타인이 또 다른 타인의 생각에 대해서 추측하기) 내 친구 철수는 자기 부인인 영희가 찌개를 잘 끓인다고 생각한다고 내 후배 순이가 생각한다고 여기는 것 같아.(4차 의도성. 3차에 의도 하나를 더하기)

그러니 상대의 말이 아니라 진짜 생각이 궁금할 것은 당연지사다. 연인 사이에서도 저 질문이 무수하게 오간다. "지금 무슨 생각해?" 그런데 실제로는 저 질문에도 책략이 깃들어 있다. 질문의 본뜻은 이렇다. 지금 딴생각하지? 나만 생각하라고! 저 꾸중도 오해다. 딴 곳을 보는 눈빛, 벌린 입, 건성으로 답하는 말투……는 상대가 실은 아무것도 생각하지 않고 있다는 뜻이다. 그는 저 질문 앞에서 이제야 겨우 생각을 시작하는 거다. 지금 무슨 생각하느냐고? 지금 무슨 생각을 해야 할지를 생각해. 모든 책략을 무효로 만드는 최고의 책략은 생각 자체를 않는 것이다.

용례　① 2015년 미국 대사 피습 사건이 벌어진 후 '석고대죄'와 '개고기'와 '부채춤'이 상위 검색어가 되었다. 그 소동을 보며 이런 생각이 들었다. 아, 부끄럽도다. 난 생각이란 걸하고 말았구나. 내 생각은 이랬다. 혹시 저 3종 세트는 '혐짤'로 인한 인지 충격을 줌으로써 대사의 회복을 방해하려는 반미주의자들의 책략이 아닐까? ②『그것들의 생각』(Cho 글·그림)에서는 사물들이 사람 대신 생각한다. 사랑에 빠진 사물들이다. 저울은 "왜 날 다들 재기만 하고 떠날까. 겨우 맞춰놓은 영점 흔들리게"라고 고백하고, 콜라는 "날 흔든 건 너니까내 맘 열고 싶으면 기다려"라고 명령한다. 사물의 책략이라는아이디어가 참 귀엽다. 나도 말을 건네고 싶다. "네가 나 때문에 힘겨워 부들부들 떠는 걸 차마 못 보겠어."(저울에게) "너는처음부터 네 안에서 부글부글 끓고 있었잖아?"(콜라에게)

짝 [짝:]

겉뜻　'짝꿍'의 준말

속뜻　'짝짓기'의 준말

주석　'서로 어울려 한 벌이나 한 쌍을 이루는 것' 혹은 '그 쌍 가운데 하나'를 '짝'이라고 부른다. "초등학교 때 짝이었던 희원이가 보고 싶어" 하고 말할 때가 그렇고, "제 짝을 찾은 지원이가 행복한 결혼 생활을 했으면 해" 하고 말할 때가 그렇다. 저 두 개의 예문 중에서 전자가 먼저일까, 후자가 먼저일까? 어린 시절 짝꿍이 일생에 걸쳐 확대재생산된 것인가, 어른이 된 후의 배필이 어린아이에게까지 소급 적용된 것인가? 한마디로 아동용이냐 성인용이냐 하는 질문이다.

　이걸 판별하기 위해서는 짝의 다른 모습, 곧 동음이의어를 살펴야 한다. 부사로 쓸 때 짝은 단번에 갈라지거나 쪼개지는 모양이다.("수박이 짝 갈라졌다") 혹은 입이나 팔다리를 세게 벌리는 모양을 말하기도 한다.("그는 다리를 짝하고 벌렸다") '쩍벌남'이 출현했으니 이때의 '짝'은 당연히 성인용이다. 짝은 같은 부사로 종이나 천을 찢는 소리나 모양을, 짧은 줄을 세게 긋는 소리를, 나아가 조그만 물체가 세게 미끄러지는 소리를 나타내기도 한다.("그는 커튼을 짝 찢어버렸다" "눈길에 발이 짝 미끄러졌다") 여기서 연상되는 그림도 역시 19금이다. 벌어진다고 하지 않나? 또한 짝은 부사로 사물이 바짝 달라붙은 모양("그녀는 그의 곁에 짝 붙어서 떨어지지 않았다")이나 음식이 입에 맞는 모양("그 집 파스타는 입에 짝 붙어")을 나타낸다. 이건 아동용, 성인용 둘 다 가능하다. 접두사로 쓸 때 짝은 '쌍을 이루지 못했음'을 나타내거나('짝신') 전轉하여 '크기가 서로 다른'을 나타내기도 한다.('짝눈') "짚신도 짝이 있다"에서의 짝이 배필이라는 뜻이니 이때도 성인용이다. 의존명사일 때 짝은 '아무'에 부정어와 함께 쓰여 소용되지 않음을 뜻하기도 한다.("그건 아무 짝에도 쓸모가 없어") 이건 버림받은 연인에서 나온 비유이니 성인용이다. 마지막으로 접미사일 때 짝은 낮춰 보는 뜻을 더한 말이다.('낯짝' '볼기짝') 아이에게는 이런 말을 쓸 수 없으므로 당연히 성인용이다.

이제 결론을 낼 수 있겠다. 짝은 성인 버전이 먼저다. 그 시선이 아이들에게까지 미쳐서 짝꿍이 된 것이다. 그래서 그토록 짝꿍과 사랑싸움을 했구나. 그때 나는, 38선을 그어놓고 넘어온 짝의 모든 것에 대해 소유권을 주장했었구나.

용례　TV 프로 〈짝〉은 대한민국 남녀가 어떻게 짝을 찾는가를 생생하게 보여주었다. 우리 사회에서 이처럼 노골적인 리얼리티 프로그램이 방영된 건 기적에 가까운 일이다. 그 기적이 복음의 증거는 아니었지만. 소꿉놀이처럼 생각하면 안 되나? 어른들이 하는 추억의 짝꿍놀이라고 볼 수는 없나? 풋, 순진하시긴. 짝꿍끼리는 애정촌에 가지 않아요. 우정촌이면 몰라도.

차카게 살자 [차카게 살쟈:]

겉뜻   바른 생활을 다짐함

속뜻   함부로 살겠다고 선언함

주석   '차카게 살자'라, 직접 보지는 못했어도 매번 듣던 말이다. 화살에 뚫린 하트, '숙이는 내 거다' 같은 말과 함께 조폭들 어깨를 수놓던 3대 문장이었다고 한다. 화살이 관통한 심장의 뜻은 말할 것도 없이 사나이 순정이다. 네가 나를 뚫었으니 나는 일관—貫되게 널 좋아하겠다는 거다. '숙이는 내 거다'는 그 순정이 변치 않겠다는 혈서 같은 거다. 뭐, 그때는 연애할 상대 이름이 숙이 아니면 순이였으니까 저렇게 새겨도 선택의 폭이 아주 좁지는 않았겠지. '차카게 살자'에 담긴 게 착하게 살려는 결심은 아니었을 것이다. 맞춤법 따위가볍게 무시하는 패기 말고 여기에 무엇이 있을까? 예전에는 버스를 타면 좀 험하게 생긴 분이 세일즈를 하곤 했다. "저는 어둠의 자식이었습니다. 별이 일곱 개…… 그런데 강동경찰서 김 형사님을 만나…… 개과천선해서……"로 시작해서

"열심히 살려고 했으나…… 이 사회는 냉혹하고 차가웠습니다……"로 꺾은 후에, "두 개 만 원에 모시겠습니다"로 끝나는 레퍼토리였다. '차카게 살자'도 비슷한 뜻이었지. 이봐, 이 문장 보고 다들 착하게 살아. 알지? 착하게, 가진 것 좀 내놔.

용례   요즘은 이런 분들 만나기 어려워졌다. 대신 동네방네 '바르게 살자'라고 새긴 커다란 돌이 놓였다. 아, 그분들 나이 먹고 꽤 높은 자리에 올랐구나. 몸소 나서지 않고 이제는 애들을 풀었구나.

친구 누나 [칭구 누나:]

겉뜻 '교회 오빠'의 반의어

속뜻 '교회 오빠'의 동의어

주석 전국의 공중화장실 남자 칸에는 동일한 낙서가 있다. "어느 날 친구 집에 놀러 갔는데 친구는 없고 친구 누나가 낮잠을 자고 있었다……"로 시작되는 소설 말이다. 한 사람이 전국을 돌면서 쓴 글 같다. 차이가 있다면 어디까지 썼느냐인데, 그건 작가의 그날 장 컨디션에 따라 다르다.

　화장실 소설에서는 왜 그토록 자주 친구 누나가 등장하는 걸까? 세 가지 설이 있다. 첫째, 문자설. '친구 누나'라는 글자를 재배치하면 '누구나 친~'이 된다. 친구 누나라는 말이 화장실 작가에게 누구나 친할 수 있는 존재라는 뜻으로 무의식 중에 각인되어 있다는 거다. '친親'이라는 한자에는 '친하다' '사랑하다' '가깝게 지내다' 등의 뜻과 더불어 '새색시'라는 뜻도 있다. 그러니 친구 누나란 모든 이와 친할 수 있는 존재, 새색시와 같은 존재다. 둘째, 욕구설. 이것은 '누나'가 명사로

246

는 '남자보다 나이 많은 여자'라는 뜻이지만 동사로는 '누다'의 의문형이라는 데서 온 추측이다. '누다'란 '몸 안의 것을 몸 밖으로 배설하다'라는 뜻이다. '친구 누나'를 적을 때마다 화장실 작가는 거듭해서 '잘 누고 있나' '다 눴나?'를 되뇐다는 얘기다. 물론 화장실 작가가 배설하는 것은 대소변만이 아니다. 셋째, 쾌락설. 공자는 다음 세 가지를 이야기했다. 배우고 때로 익히면 즐겁지 않은가? 남이 알아주지 않아도 성내지 않으면 즐겁지 않은가? 친구가 있어 먼 데서 찾아오면 즐겁지 않은가? 이 중에서 세 번째 즐거움을 순수하게 표현한 게 친구 누나다. 아니, 이 먼 동네에 와서도 친구를 만나다니! 그것도 누나까지! 친구 누나는 원래 친구라는 즐거움에 추가된 잉여 쾌락이었다가, 친구가 빠지고 나서 순수한 쾌락으로 남았다. 그러니 즐거울밖에.

어느 쪽이든 친구 누나는 교회 오빠의 반대말이다. 교회 오빠가 '그냥 아는 교회 오빠'의 준말이라면 친구 누나는 '어느 날 친구 집에 놀러 갔는데 친구는 없고 친구 누나'의 준말이다. 전자가 아무 사건도 발생하지 않은 사이라면 후자는 가능한 모든 사건이 발생할 사이다. 그런데 뒤집어서 생각하면 이렇다. 교회 오빠와는 이미 무슨 일인가 생겼다. 그걸 덮기 위해서 '그냥 아는 교회'라는 수식어가 필요했던 셈이다. 친구 누나와는 아직 아무 일도 일어나지 않았다. 그런 일이 일어났으면 하는 소망이 '어느 날 친구 집에 놀러' 가는 상황을 설정하게 한 것이다. 전자의 기조가 내숭이라면 후자에 깔린 감정은 연민이며, 전자가 감춘 커플이라면 후자는 드러난 솔로다. 아, 교회 오빠와 친구 누나는 서로 아무 상관 없는 척하면서 서로가 서로를 지시하는 사이였구나. 친구네 집에 놀러 간 사람이 사실은 교회 오빠였구나.

용례 　 화장실 낙서에는 서명도 있다. WXY. X가 작고 W와 Y는 크게 쓴 세로쓰기다. Z가 등장하지 않는 것은 이 소설이 아직 다 완성되지 않았다는 작가 나름의 겸양의 표현이겠다. 소설을 완성하려면 여자 화장실에 가보아야 하는데 작가로서는 그곳에 갈 수 있는 방도가 없어서였을 것이다. 나도 가보진 못했지만 거기에는 이렇게 시작하는 소설이 있을 것이다. "친구네 집에 갔는데 친구는 없고 그냥 아는 교회 오빠가……."

특급 칭찬 [특급칭찬:]

<u>겉뜻</u>　최상급의 칭찬

<u>속뜻</u>　일급 칭찬

<u>주석</u>　〈밀회〉는 '천상천하 유아인독존'이나 '물광'과 같은 유행어를 낳았지만, 그중에서도 가장 핫한 유행어는 '특급 칭찬'일 것이다. 개인 오디션을 보러 온 선재(유아인 분)와 나란히 앉아서 피아노 연주를 끝마친 혜원(김희애 분), 선재에게 다가가 볼을 꼬집으며 말한다. "이거, 특급 칭찬이야." 이 말 때문에 수많은 애인들, 후배들, 제자들 볼이 수난을 당했지. 볼 꼬집기는 본래 체벌에 속하는데 어째서 최상급의 칭찬으로 변했을까?

　많은 이들이 지적했듯이 둘의 연주 장면은 서정적이고 섬세하고 에로틱하다. 연주에 몰두해 있는 선재와 달리 혜원의 눈은 자주 악보와 건반을 벗어나 선재를 향한다. 선재의 연주 실력에 놀라서만은 아닐 것이다. 그녀의 눈은 아련하다. 너는 연주에 몰두해 있구나. 나는 네게 몰두해 있어. 그래서 너를

잡을 수가 없구나. 지금의 너는 선율과 하나이고 너는 음악이
니까. 연주가 끝난 후에야 그녀는 그를 꼬집는다. 꼬집는 건
비틀어서 잡기 혹은 틀어쥐기다. 저 단호한 손짓을 보건대 혜
원은 선재를 놓치지 않을 것이다.

특급에는 세 가지 뜻이 있다. '특급特級'이라고 쓰면 일등급
가운데 가장 좋은 등급을 말하며, 우리가 한우나 한돈에 흔히
붙이는 명칭이다. 선재의 볼살은 최고다. 그러니 뒤에 붙은
'칭찬'이라는 말은 동어반복에 지나지 않는다. 이거 특급×특
급(=초특급)이야. 손은 만지는 몸이고 볼은 만져지는 몸이다.
에로틱할밖에. '특급特給'이라고 쓰면 특별히 준다는 뜻이다.
이번엔 '천상천하 유아인독존'에 빛나는 선재의 볼이 아니라
'물광'으로 빛나는 혜원의 손이 주인공이다. 이거, 칭찬으로
네게 주는 손이야. 이때의 손은 (선재가 나중에 연주할 곡 가운
데 하나인) 〈반짝반짝 작은 별〉이고 볼은 그 별이 뜬 발그레한
하늘이다. 에로틱할밖에. '특급特急'이라고 쓰면 특별급행特別
急行의 준말이며, 가장 빠른 운송 수단을 말한다. 연애의 세 단
계(손을 맞잡는다, 입을 맞춘다, 손과 입이 아닌 부분을 맞댄다) 가
운데 첫째와 둘째 단계를 단번에 건너뛰는 급행, 익스프레스
express다. 빠르게 진도 나가게 해줄게. 이때의 손은 특급열차
이고 볼은 그 열차가 가닿을 목적지다. 에로틱할밖에. 세 번

째 뜻은 선재의 볼이 최종의 목적지가 아님을 말해준다. 둘은 아직 연애의 첫째와 둘째 단계, 그 중간 어디쯤에 있다. 그래서 그토록 두근거리는 것이다. 마음은 급하고 갈 길은 멀기 때문이다. 이렇게 본다면 특급 칭찬은 아직 특급 칭찬이 아니다. 그것은 일급 칭찬이다.

<u>용례</u> 이 장면에 쓰인 곡은 슈베르트의 〈네 손을 위한 환상곡〉이다. 듀엣곡이 필요했다고 해도 왜 굳이 이 곡을 고집했을까? 두 대의 피아노를 위한 곡이 아니고? 전자는 같이 앉고 후자는 따로 앉기 때문이다. 전자는 한 '배'를 탈 수 있다. 반면 후자는 그다지 환상적이지도 않다.

한턱내다 [한터:억 내다]

<u>겉뜻</u>   한바탕 남에게 음식을 대접하다

<u>속뜻</u>   '선빵'을 허락하다

<u>주석</u>   좋은 일이 있을 때 남에게 베푸는 음식 대접을 '턱'이라고 하고, 한바탕 크게 턱을 내는 일을 '한턱낸다'라고 한다. 왜 턱일까? 턱이 택澤이나 덕德에서 왔을 거라는 추측이 있으나 근거가 없다. 앞뒤에 순우리말이 붙어 있으므로 저 턱은 한자어일 리가 없다. 우리말이라면 입 아래에 뾰족하게 나온 바로 그 부분이거나, 거기서 전용하여 평평한 곳에서 조금 높게 솟은 부분을 이르는 바로 그 턱밖에는 없다.

다음 이야기는 실화다. A가 친구 B에게 한턱내겠다고 해서 술집에 갔다. 술을 마시고 나오는데 90만 원이 나왔다. A가 너무 많이 나왔으니 같이 내자고 했고, B는 네가 내겠다고 해서 왔으니 못 내겠다고 했다. 다툼 끝에 A가 고소를 하기에 이르렀다. 판결은 이렇게 났다. "맨 처음 주문한 것까지가 한턱이니 추가된 것은 나눠 내는 것이 옳다. 처음 주문한 20만

252

원은 A가 부담하고 나머지 70만 원은 A와 B가 35만 원씩 낼 것." 서울 남부지원의 민사조정 판례라고 한다. 이 판결에 따르면 '한턱내다'에서의 '한'은 '한바탕' '크게'라는 뜻이 아니라 '하나'라는 뜻이다. 내가 한 턱 낸다고 했지 두 턱 낸다고 했냐? 그러니 추가 주문한 건 나눠서 내자고. 한턱내려다가 싸움에 이르렀으니, 한턱을 먼저 낸 사람은 상대가 '선빵' 날리는 걸 허락한 셈이다.

_{용례}　　요즘은 '내가 한턱낸다' 대신에 '내가 쏜다'라는 말을 더 많이 쓴다. 낼 때 내더라도 턱을 내주는 대신에 주먹을 날리겠다는 거다. 선빵은 내 몫이라는 거다.

헐 [헐:]

겉뜻   놀람, 허무함, 실망함, 신기함 등의 느낌을 담은 감탄사

속뜻   그런 감정에 의해 무장해제 되었다는 뜻

주석   이 정체불명의 복잡다단한 소리는 어디서 왔을까? 어떤 방식으로 풀어도 원래의 뜻에 가닿는다. ① 불교에서 죽비로 내리칠 때 "할喝!"이라고 한다. '꾸짖는다' '정신 차려'라는 뜻이다. '헐'은 그 반대 아닐까? '혼 좀 내줘' '정신 못 차리겠어'라는 뜻? ② 헐을 '歇'이라고 쓰면 '쉬다' '휴식하다'라는 뜻이다. 네 말을 들으니 넋이 다 빠지겠어. ③ 헐을 '渴'이라고 쓰면 '목마르다'라는 뜻이다. 아이고, 목이 다 마르네. ④ 아무래도 헐은 '헐겁다'의 준말 아닐까? 네 말을 듣고 내 정신과 육체가 헐거워졌어. 넋도 몸도 다 진이 빠졌다고.

용례   그래서 '헐렁이'가 '헐한 사람'(헐거운 사람이거나 헐, 이라고 말한 사람)이었구나.

호갱 [호ː갱ː]

겉뜻	호구 고객
속뜻	호랑이굴(虎坑)

주석　휴대폰이 필수품이 되고나니 단통법, 호갱, 직구……
같은 말들에도 익숙해져야 하는 세상이 되었다. 단통법이란
'이동통신단말장치 유통구조 개선에 관한 법률'을 줄여 부르
는 말인데, 어떤 이들은 '전국민호갱법'이라고 부르기도 한
다. 호갱이란 '호구 고객'의 준말이지만 '호객'이 아니라 '호
갱'이 된 것은 뒤에 '님'자가 따라붙어서 자음동화 현상을 일
으켰기 때문이다. 겉으로는 손님을 존대하면서 뒤로는 호구
로 여기는 장사치들의 이중적인 행태를 비꼬는 말이다.

한국은 휴대폰 단말기 가격과 무선통신 비용이 제일 높은
나라다. 그나마 발품을 팔면 단말기에 지급하는 보조금을 챙
길 수 있었으나 단통법으로 그마저도 불가능해졌다. 줄어든
보조금이라도 받으려면 7만 원이 넘는 높은 요금제에 가입해
야 한다. 이웃 나라 일본에서는 2년 약정만 하면 아이폰 6을

0원에 판다. 그러니까 일본에서는 보조금이 100퍼센트인 셈인데, 우리는 단말기도 비싸, 내는 요금도 비싸, 게다가 보조금도 없어, 전 국민이 호갱이 되었다는 소리가 나올 만도 하다. 단통법의 핵심인 분리공시제도(제조사와 통신사가 내는 보조금이 얼마인지를 공시하는 제도)마저도 무산되어 버렸다. 그래서 직구(해외에서 직접 주문 구입하는 것)가 더 싸다는 얘기도 심심찮게 들린다.

비단 단통법만의 문제가 아니다. 나라 전체가 국민을 호갱으로 대우한 지 오래다. 무수한 비정규직을 양산해서 월급을 반 토막 혹은 반의 반 토막 냈으니 노동 가능 인구 전체가 호갱이요, 어린아이부터 노인에 이르기까지 복지 혜택이 돌아가게 하겠다(＝보조금을 준다)고 약속하고서는 내가 언제? 이러고 있으니 남녀노소 가리지 않고 호갱이다. 이웃 나라의 원전 참사를 보고서도 노후 원전을 수명 연장하려는 시도는 지역민을 호갱으로 보는 것이요, 바다에 아이를 묻은 부모들을 저토록 외면하는 태도는 가족을 호갱으로 보는 것이며, '사자방' 비리로 국고를 거덜 내고서도 회고록을 써서 자랑이나 하고 있으니 유권자를 호갱으로 보는 것이다.

그런데 국민들을 사막으로 내쫓으면 나라가 사막이 된다. 생활비가 모자라 입에 풀칠하기도 바쁜데 물건이 안 팔린다고 걱정하고, 집값이 천정부지로 뛰어올라 따라잡을 방도가 없는데 빚을 내주는데도 집을 안 산다고 걱정하고, 결혼은커녕 연애를 할 여유도 없는데 아이를 낳지 않는다고 걱정한다. 세계 최저 수준의 출산율은 국민이 나라에 가하는 복수라는 말이 있다. 국민이 사라지면 갑질도 없어지고 호갱 양산법 따위도 없어질 테니까. 그러니 실은 호갱이 가장 무섭다. 진짜로 호랑이굴이다.

<u>용례</u>   ① "호랑이굴에 들어가도 정신만 차리면 산다"라는 엉뚱한 속담을 떠올릴 수도 있겠다. 먹이가 산 채로 호랑이굴에 들어가는 것은 한 가지 경우밖에 없다. 아기 호랑이들에게 사냥 연습용으로 제공된 경우다. 그러니까 호랑이굴에 들어가서 정신을 차리면 의식한 채로 잡아먹힌다. 호갱을 뭘로 보고! ② 『홍길동전』으로 유명한 허균은 「호민론」에서 백성을 셋으로 나누어 설명한다. 항민恒民은 윗사람에게 수탈을 당하면서도 아무 소리 못하고 사는 이들이다. 원민怨民은 그 수탈에 대해서 원망하는 마음을 가진 이들이다. 호민豪民은 다른 마음을 먹고 틈을 엿보다가 시기가 되면 봉기하는 이들이다. 봉기나 민란은 호민이 나라가 어지러운 틈을 타, 원민과 항민을 선동해서 일어나는 일이다. 허균은 짐짓 사나운 백성이

따로 있다는 듯이 말했으나, 실은 이 분류는 백성의 세 가지
마음 상태다. 분노한 호갱들이 바로 호민이며, 그 점에서 호
민豪民은 호갱의 그 호민虎民이기도 하다.